北國新聞社の本

北陸新幹線金沢ー敦賀間が延伸開業し、北陸三県が1時間圏となる「新時代」を迎えました。その節目を記録した写真集です。各駅の式典や賑わい、ファン待望のトレインパーク白山の魅力などを収録。敦賀駅での乗り換え時刻を行き先別に案内する表も載せています。

編集・発行／北國新聞社 出版部　B5判、64ページ、並製本　定価／1320円（税込）

北國新聞社出版部　〒920-8588 金沢市南町2-1
ホームページからも購入できます　ほっこく堂　検索

お求めはお近くの書店へ。
またはインターネットで検索を。

令和6年能登半島地震の影響で、配送が遅れたり、お届けできなかったりする地域があります。

北國文華 第100号 目次

100号特別インタビュー

「ゴジラ−1.0」山崎 貴 監督

金沢は美のDNAが宿る

「北國文華」は、1998(平成10)年6月の復刊から100号を迎えた。節目に当たり、大の金沢びいきである映画「ゴジラ−1.0(マイナスワン)」の山崎貴(たかし)監督が、本誌の特別インタビューに応じた。今春、米アカデミー賞視覚効果賞を受けた監督は、「金沢には美のDNAが宿る。後世に引き継いでいってほしい」と語った。時代の一線に立つ、北陸を愛する人々の言葉によって本誌は築かれてきた。今号は山崎監督の言葉を皮切りに、100号に至るまでを回顧する。

「北國文華」復刊100号のインタビューに応じる山崎監督=5月9日、東京・調布

「地震の震動を感じながら、一番被害のきつい場所の様子をテレビで見ている。あの時と同じだと思いました」

元日の北陸を襲った能登半島地震について、山崎監督は「3・11」と重ねた。

2011(平成23)年3月、東日本大震災当時、山崎監督は都心から郊外へと徒歩で向かう人々の列に衝撃を覚えた。電車は止まり、タクシーも来ない。疲れ切った

米国から帰国後の記者会見で、浜辺さん(左)から花束を受け取る「ゴジラ−1.0」の山崎監督=3月12日、羽田空港(共同通信社)

能登半島地震、「3・11」思い出した

人々の群れの中を歩き続け、山崎監督は無事だった妻を見つけた。

この出来事は、奇跡なのか、必然なのか。「ゴジラ−1・0」で生かされた。神木隆之介さんが務める主人公と、石川県出身の浜辺

元日の能登半島地震で火災に見舞われた輪島市朝市通り。山崎監督は「みんなで立ち上がって」とエールを送る=1月8日

山崎監督の好物のクチコ。能登半島の冬の珍味である

金沢市内を流れる鞍月用水沿いの「せせらぎ通り」。山崎監督は小さな橋が架かっている楽しさがあると語る＝金沢市香林坊2丁目

美波さん演じるヒロインが、ゴジラの襲来で混乱する銀座の街角で出会うシーンである。「あんなふうには会えないとも言われたが、『いや俺は会ってるから』」。苦境の中の偶然は力強い作品の芯となった。

それゆえだろうか、被災者には「アクションを起こすことが大事」と促している。

戻らないもの戻す意地

山崎監督の本誌登場は第78号（2019年冬）以来である。当時、「金沢のせせらぎ通りの『暮らし』を撮りたい」と語っていた。

改めて金沢への思いを問うと、「DNAに美しいということがちゃんと刻み込まれた人たちが作り上げた街。そういう美意識を持つ人たちの末裔なんです」と、語った。一度失ってしまったら、戻らないものを大切にし、場合によっては戻してしまう意地が都市としての魅力だという。もしも本当に撮るなら、意中のヒロインはやはり浜辺さんだった。不思議な魅力があるからに他ならない。「すっかり石川の顔になりましたね」と感慨深げに笑った。

（13ページに続く）

金沢は美意識を持つ人たちの末裔

山崎 貴（やまざき・たかし）

◉1964（昭和39）年長野県松本市生まれ。阿佐ヶ谷美術専門学校卒業後、86年に株式会社白組に入社。2000年に「ジュブナイル」で監督デビュー。05年の「ALWAYS 三丁目の夕日」は、第29回日本アカデミー賞最優秀作品賞・監督賞など12部門を受賞。23年の最新作「ゴジラ-1.0」は、全米での歴代邦画実写作品興収1位となり、米アカデミー賞視覚効果賞に輝いた。CGによる高度なビジュアルを駆使した映像表現・VFXの第一人者。

特集　復刊100号までの歩み

北國文華に刻まれた心のメッセージ

「文華」には、「詩文の華麗なこと」という意味がある。「北國文華」をめくると、時代を牽引する人々がインタビューや寄稿で発する「文華」の魅力に気づかされる。過去の号に刻まれた心のメッセージを紹介したい。

北陸は日本でも有数の古い文明を持っています。一種独特の縄文文明には、どこか哀調のある不思議な神秘主義があります。

梅原 猛

復刊1号1998年夏
「北陸文化の視点」から

哲学者として日本の古代史を掘り下げた梅原氏は、真脇遺跡、大伴家持、真宗王国としての歩み、西田幾多郎、鈴木大拙を列挙して、北陸の文化土壌の特色を論じた。

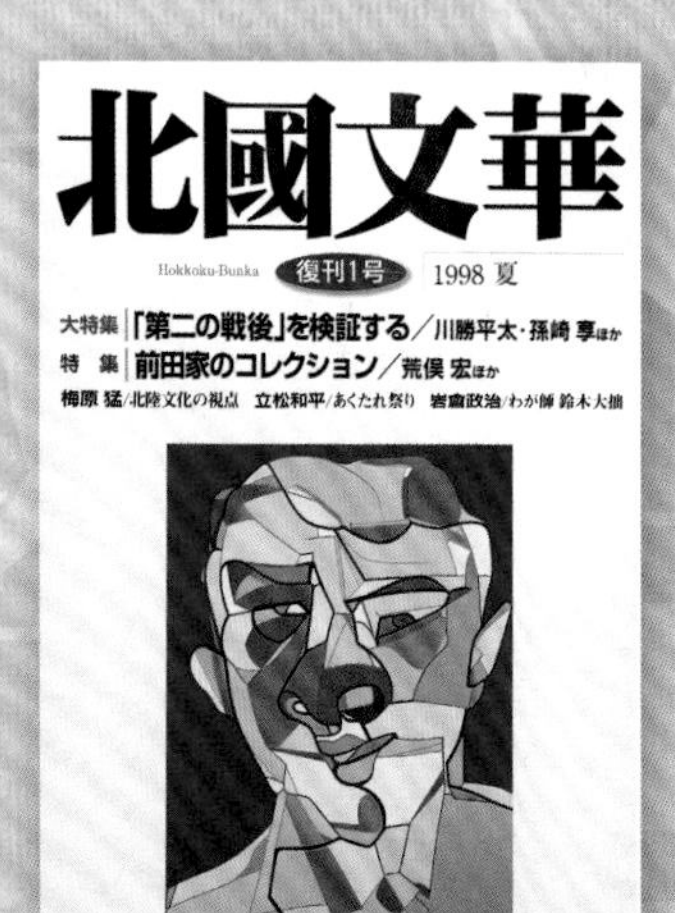

1998（平成10）年6月に刊行された「北國文華」復刊1号

周囲に迎合したり、パフォーマンスなどの派手なことを良しとせず、正直に着実に一生懸命やるのが、北陸人の特性ではありませんか。

瀬島 龍三

第12号2002年夏
特別インタビュー「この国の危機を脱するために」から

大本営参謀、伊藤忠会長を歴任した現在の小矢部市出身の瀬島氏は、シベリア抑留中、亡母の励ましによって苦境を乗り越えることができたと回顧。ピンチはチャンスの時と説いた。

金沢の土地そのものが「いい仕事してますね」と言えるのではないだろうか。

中島 誠之助

第20号2004年夏
「古美術金沢の魅力を語る」から

古美術鑑定家の中島氏は、古九谷をはじめとする加賀文化の奥行きと魅力をつづった。金沢は訪ねるほど味わいを深める街で、まさに「骨董の味わい」があると記した。

死を排除し死後の世界を切り捨てた時、生もまた生気を失い虚無がはびこる。

青木 新門

復刊1号1998年夏
「死を見つめない人々」から

ベストセラー『納棺夫日記』を執筆した詩人の青木氏は、インドを旅して深めた思索を記した。ベナレスの火葬場を訪れ、「生」にのみ価値を置く戦後思想に疑問を投げかけた。

「残された人生、どう生きるか」なんて大げさに考えずに、ある程度いい加減に、「何とかなるさ」でいいのです。

城山 三郎

第15号2003年春
特別インタビュー「人生の『晩年』、何をあくせく」から

直木賞作家の城山氏は旅と本、二つの趣味を持てば、豊かな晩年を過ごせると語った。物事を潔癖に考えないことが秘訣という。

生も死もひとつで一線上にあり、境はないというのが禅の思想であり、それが「無事」ということではないかと思います。

日野原 重明

第49号2011年秋
特集「鈴木大拙 世界に禅を広めた男」から

医師の日野原氏は最晩年の鈴木大拙を看取った体験について「嵐の中にあっても心を動じさせず、平常心を持つ」ことを学んだとした。

難民という一番弱い人、最も苦しい人、極限状況に置かれた人たちを通じて私が学んだことは、この人たちと連帯感を持つということです。

緒方 貞子

第13号2002年秋
特別インタビュー
「『難民と平和』を語る」から

国連難民高等弁務官を務めた緒方氏はアフリカや旧ユーゴでの経験をもとに、市民レベルでの相互扶助の大切さを強調した。

スキャンダルとは観阿弥がいう
「珍しきが花」のことだと思います。

渡辺 淳一

第18号2004年冬
特別インタビュー「恋愛小説こそ小説の王道」から

島清恋愛文学賞の創設に関わった直木賞作家の渡辺氏は、世阿弥とその父、観阿弥の問答をもとに、華やかな老いの大切さを説いた。

不倫だって命がけですれば
純愛になります。

瀬戸内 寂聴

第22号2005年冬
特別インタビュー「愛も命もなくなるの」から

現在の小松市出身と伝わり、平清盛に愛された仏御前を例に、渇愛と慈悲という仏法が教える2種類の愛について述べた。

女性は誰でも、純粋な愛を求める
ということと、そうではない不純
なものを追求するという背反する
二つの思いを持っていると思います。

唯川 恵

第25号2005年秋
特別インタビュー「おんな、家族…唯川文学の根っこにあるもの」から

軽井沢で取材に応じた金沢市出身の直木賞作家、唯川氏は、自身が作品の中で描く女性の「生」と「性」の関係について持論を語った。

【主　催】石川県立歴史博物館 読売新聞社
【監　修】公益財団法人東洋文庫
【特別協力】北國新聞社

【観覧料】一般1,200円(960円)、大学生・専門学校生960円(760円)、高校生以下無料 ※( )は20名以上の団体料金、65歳以上の方は団体料金、障害者手帳または「ミライロID」ご提示の方および付添1名は無料/常設展も合わせてご覧いただけます/電子チケットは公式ホームページよりご購入いただけます(日時指定なし)

心地よいせせらぎと豊かな山並み、のどかな光景がここを訪れる人々の心を癒してくれます——春には満開の桜並木がお出迎え

一休さんの米永YAMANAKA

移ろう季節を借景に、公園墓地見学会開催!!

[1区画380,000円より]

公園墓地 現地見学会

四季折々の花が迎えてくれる宗派自由、期待の本格ガーデニング霊苑です。

自然との家族の語らいも生まれる個性的な樹木葬墓地としてのお披露目です。新時代の墓地のあり方として話題の樹木葬は「これからお墓を建てることを考えている」「遺族に負担をかけないでお墓を維持していく」「お墓を継承することができない」など、様々なお墓のニーズにリーズナブルにお応えします。園内は完全バリアフリー仕様にて高齢の方、車椅子、ベビーカーも安心です。

随時ご案内

お電話にて随時ご案内いたします、ご都合の日時をお知らせください。常駐係員が丁寧にご案内･ご説明いたします。

また、ご送迎もいたします。ご遠慮なくお問い合わせください。ご案内専用 ☎0761-78-1933

一休さんの米永グループ

☎0761-78-1933
加賀市山中温泉菅谷町ロ 113-2

白山百膳
山のもんづくしの健康ごはん
HAKUSAN
HYAKUZEN
主催／白山商工会　白山麓賑わい創出事業実行委員会

家族を繋ぐ薪ストーブ。

薪の香り、パチパチと薪がはぜる音。
暮らしを暖め家族の絆を深める
火のある新しい暮らしをご体感ください。

ウッドペッカー 薪ストーブ

follow us Instagram!
@woodpecker.kanazawa

理想のプライベートサウナ。

リラクゼーションの新時代。
最高のくつろぎを生む空間デザイン。
心身の疲れを癒す

サウナの設計施工
(株)ビイ・エス・エイ
金沢市近岡町 365-1
TEL:076-237-1760

開館時間:午前9時30分~午後6時 ※入館は閉館30分前まで　休館日:7月29日(月)・30日(火)
主　催:「まるごと奈良博」展実行委員会(石川県、石川県立美術館、北國新聞社)　特別協力:奈良国立博物館　特別協賛:DMG森精機
後　援:一般財団法人石川県芸術文化協会、石川県教育委員会、富山県教育委員会、福井県教育委員会、金沢市教育委員会、NHK金沢放送局、MRO北陸放送、テレビ金沢、HAB北陸朝日放送、石川テレビ放送、金沢ケーブル、エフエム石川、ラジオかなざわ・こまつ・ななお

※上から時計回り。
《出山釈迦如来立像》南北朝時代(14世紀)、重要文化財《四大明王五鈷鈴》中国・唐(8世紀)[前期展示]、重要文化財《愛染明王坐像》鎌倉時代(13世紀)、国宝《薬師如来坐像》平安時代(9世紀)、《南無仏太子立像》鎌倉時代(13~14世紀)、国宝《辟邪絵》のうち「天刑星」平安~鎌倉時代(12世紀)[後期展示]、《伽藍神立像》鎌倉時代(13世紀)、《三鈷杵》平安時代(12世紀)　(すべて部分)

山崎貴監督　特別インタビュー

センスのいい街 生き残っていく

金沢への愛、「ゴジラ－1.0（マイナスワン）」で主演した浜辺美波さん、そして能登半島地震の衝撃。東京・調布の「白組」スタジオで、「北國文華」の特別インタビューに応じた山崎貴監督は北陸への思いを1時間にわたって語った。

特別インタビューで金沢への思い入れを語った山崎監督＝東京・調布

クチコ5枚は食べた

金沢はもともと大好きな街です。

15年ほど前の一時期、シーズンになると金沢に香箱ガニを食べに行っていました。あと、クチコがおいしすぎて…(笑)。

一度、旅館の宴席でクチコが出てきて「もうちょっと食べますか」と勧められるまま、どんどん運んでもらって、下手すると5枚は食べたかな。あまりにも美味だったので、自分の家に買っていこうと思って小松空港で買おうとしたら、驚くほど高いものだと知ってびっくりですよ(笑)。

金沢21世紀美術館でも刺激を受けました。ちょうど、ロン・ミュエック展(※)が開かれていました。5メートルはある赤ちゃんの造形がとても生々しいんです。人間の本質的なグロテスクさのようなものを感じました。そういうすてきなものに出会えたのは大きな収穫でした。

ガラスで作られた金沢駅の鼓門には圧倒されました。日本的なセンスを乗っけた金沢らしい風景を現代に作ったのは大変なことだと思いました。

センスのいい街というのは、これからの時代、生き残っていくと思うんですよ。行った時に、ちょっと高級なものに触れた感じがするんです。不思議と京都ではあまり感じません。

黒っぽいバス停など、さすが加賀百万石を育ててきた街並みだと思いますね。黒の使い方がうまい。色遣いのセンスに関してはもう圧倒的じゃないですか。

※人間の体を細部にまで克明に表現した、オーストラリア出身の彫刻家ロン・ミュエック氏の立体作品を展示した。会期は2008年4月26日～同年8月31日。

　金沢で気に入っているのは、香林坊から長町へ鞍月用水が流れていく「せせらぎ通り」です。個人レベルの小さな橋が用水にたくさん架かっていて、見る人に「ここに住みたいな」と思わせる力があります。もともとこの用水は暗渠になっていたそうですね。ここを「せせらぎ」に戻した人々の胆力はすごいと思います。

　一度崩したら、二度と戻せないものってあると思うんです。昭和に消えた旧町名もそうなんですが、街の美しさもその一つだと思います。戻せないものを戻しているというのは、さすがだと思いますね。全国をあちこち回っていると、どこの街も同じような顔つきになってしまっている。中古の書店にショッピングセンター、そしてファストフードの店があって…。それを良しとしない姿勢を感じます。街が作ってきたセンスの良さを意識する方に僕は立っていきたいというふうに思っています。

石川を背負っている

「北國文華」78号（2019年冬）のインタビューでは、もしも僕が金沢を撮るとすれば、せせらぎ通りの暮らしをテーマにして主演は浜辺美波さん、という話をしました。浜辺さん、もうすっかり石川県を背負っちゃっていますね。

　浜辺さんは成長を続けていますね。「ゴジラ-1.0（マイナスワン）」では、「アルキメデスの大戦」（2019年、東宝）の時にはできなかったことができるようになっている。日本を代表する女優さんになられた。頼もしさがある分、キャスティングできな

浜辺美波さんは時代を超える

いっていう弊害が発生しております（笑）。「金沢を撮る」として、やってくれないかもしれないけど…。

彼女が不思議なのは、現代的な役と同時に、古い風景の中にも溶け込んで、納得できるところです。風情を持ってるから、時代を超えられるんです。普通は現代日本らしい方に昭和の世界に行ってもらうとおかしなことになるんですけど、どっちにも存在していられる。すごいな、と思っています。

「ゴジラ－1・0」で言えば、戦後すぐのボロボロの闇市のような、汚れた場所の方が浜辺さんは魅力的に見える。何か隙間から漏れる光のような、本質的な輝きがあるからだと思います。

勇気を得てもらえたら

能登半島地震では、浜辺さんは大丈夫かな、と心配してたんですよ。

ちょうど正月、（長野県松本市の）実家に帰った途端の地震でした。どんどん揺れて、とにかくテレビを付けなきゃと思いました。

「3・11」の時の感覚がよみがえってきました。離れたところで、大きな地震の震動を感じながら、一番被害のきつい場所の様子をテレビで見ていると いう感覚です。

被災された方のことを考えると、本当につらい気持ちになります。「ゴジラ－1・0」は、街を破壊している映画ですが、ゴジラの襲来に対して民間の力を集めていく話です。

最近、被災地の皆さんのリクエストで「ゴジラ－1・0」を上映する計画があって、コメントを求められました。「ゴジラ－1・0」はみんなで立ち上がって、何とかしようという話なんで、何か映画から勇気を得ることができたら、我々も非常にうれしいですね。

知り合いが発生から1カ月ぐらい後に、能登に行ってきました。写真を見ると残念ながら「何も変わってねーじゃねえか」と思います。

傍目（はため）からは政府などの公（おおやけ）と、被災地との感覚のギャップが大きいように見えます。現場で一生懸命になっている人たちの中には、目に見えるような支援が展開できていなくて、忸怩（じくじ）たる思いを持ってる人が多いのではないでしょうか。

「見えるような形」の被災地支援って何だろうと考えました。100％機能しているとは言えなくても、「ちゃんと（被災地のために）忘れずにやってるんだよ」っていう姿勢を示すことが地元の人たちを勇気づけるような気がします。

実際に被害を受けた方々にどんな言葉をかけても軽い言葉になってしまいかねない。ただ、見捨てられたとは思わないでほしい。多くの人が見ているのですから。

（談）

よみがえる あの人の深い言葉

「北國文華」「文華」を彩った先人たち。（右上から）李登輝、西村賢太、板橋興宗の各氏

（左上から）立松和平、深田久弥、小松伸六の各氏

「北國文華」復刊100号の節目に、「あの人」の深い言葉に耳を傾けたい。刻まれた言葉は、語り手が世を去った後も、考え方、美学を伝える。これまでの歩みを振り返るとともに、「北國文華」第6号（2001年冬）で取り上げた曹洞宗大本山總持寺貫首の板橋興宗氏と作家の立松和平氏の対談「曹洞禅と日本人のこころ」、前身の「文華」第30号（1948年7月号）が掲載した作家・深田久弥を囲む座談会「小説の面白さについて」を特別に再録する。

混迷の時代、「味わい」求めて

本誌編集室

「北國文華」復刊1号が世に出たのは1998(平成10)年6月のことだった。

どんな時代だったか。バブル崩壊以降の不況下、完全失業率は戦後最悪を記録した。就職氷河期の真っ盛りで、金融ビッグバンなど業界再編の波が日本各地を洗っていた。石川県内では世界初となる体細胞クローン牛が誕生。インターネットの急速な普及をはじめ、これまでの生活を変える新たな技術が存在感を高めていた。

ぼんやりとした薄い霧に覆われて、地域や世界の進む先が見通せない。希望より不安がのしかかり始めていた、と言えるかもしれない。

本稿執筆のため、編集室の一角に積み上がった「北國文華」各号

「内なる声を聞く」

復刊1号が巻頭で説いたのは、「内なる声を聞く」ことだった。

「混迷の時代の大きな特徴は、各人が内なる声を見失い、それによる自信のぐらつきから、他者の大声や群衆心理に引きずられることである」

初代編集人である松村長(たけし)氏(2012年死去)は、

こう説いた。

北國文華の役割について「『第二の戦後』といわれる現在の混迷を切りひらくよりどころにする」と記し、終戦直後に石川で刊行された前身誌「文華」が持っていた「未来を手探る知的エネルギー」を提供するとした。

前身の「文華」は、1945（昭和20）年12月に創刊号が刊行された。旧制四高の教授陣らが編集に当たり、北國新聞社（当時は北國毎日新聞社）が発行元となって全面支援し、新聞製作用の活字、輪転機を活用、貴重だった紙も供出した。戦後の文化復興の一翼を担う熱気のほどは、46ページからの作家深田久弥らが参加した誌面企画からもうかがえる。

「北國文華」復刊1号は「本物を求めて心に燃える火を持つ人たち」に声を出してもらうとし、「『第二の戦後』を検証する」を大特集に据えた。

執筆陣は多彩である。川勝平太・国際日本文化研究センター教授（当時）は、橋本龍太郎内閣が出した戦後5度目の「新しい全国総合開発計画」を論じ、日本は「庭園の島」たるべしと丁寧に説いている。小松出身の孫崎享・外務省国際情報局長（当時）は「アングロサクソン・スタンダード」と題して寄稿し、冷戦終結を受けて最盛期を迎えた米国の論理にどう対抗していくかを探った。復刊直後の本誌は、川勝氏や孫崎氏のような賛否両論を巻き起こす論客による「内なる声」が特色である。

李登輝氏が語る北陸人

「北國文華」復刊から100号に至る誌面を顧みたい。

最も存在感を放つのは、第27号（2006年春）が取り上げた前台湾総統の李登輝氏（1923～2020年）だろう。台湾で取材に応じた李氏は04年暮れの石川県訪問を振り返る「わが心のふるさと石川」をテーマにしたインタビューに応じている。

世界に禅を広めた鈴木大拙、善の研究で哲学の世界に足跡を刻んだ西田幾多郎、台湾南部に水路網を築いた八田與一（よいち）。李氏は、3人の北陸人に言及して

「石川にとって宝物なんです」「日本の精神を発揮して一生懸命、仕事をやった」と熱く説いた。

李氏の日本への思い入れが格別であることは広く知られているが、「石川」という特定の地域に焦点を当てた貴重な証言となった。

クリスチャンでありながら15、16歳の頃から、大拙の著書『禅と日本文化』を読み、座禅を実践してきたと明かした。体調不良で実現しなかったものの

北國文華100号の軌跡

復刊1号	1998年夏	「第二の戦後」を検証する
復刊2号	1999年冬	北陸人のアイデンティティと国際性
復刊3号	1999年夏	「青潮文化」を提言する
復刊4号	2000年冬	特別対談 佐伯彰一・渡部昇一
第5号	2000年夏	特集　金沢 三文豪を生んだ風土
第6号	2001年冬	特集　北陸「禅の道」 板橋興宗・立松和平ほか
（以降、年2回から年4回発行に）		
第7号	2001年春	特集　「地域学」のすすめ
第8号	2001年夏	特集　大学改革―金沢大学の挑戦
第9号	2001年秋	特別インタビュー　職人と日本人のこころ　永六輔
第10号	2002年冬	特集　「加賀の國」研究
第11号	2002年春	特集　「ハイカラな都心」を
第12号	2002年夏	特別インタビュー　瀬島龍三　この国の危機を脱するために
第13号	2002年秋	特別インタビュー　緒方貞子　「難民と平和」を語る
第14号	2003年冬	特別インタビュー　竹山洋　それからの「利家とまつ」
第15号	2003年春	特集　日本哲学の扉を開けた石川県人
第16号	2003年夏	特集　「金沢城」大研究
第17号	2003年秋	特集　クラシックへの誘（いざな）い
第18号	2004年冬	特集　石川「俳文学」の系譜
第19号	2004年春	特集　わが白山／どう変わる金大
第20号	2004年夏	特集　百万石の古美術に遊ぶ
第21号	2004年秋	特集　金沢に見る用水文化
第22号	2005年冬	特集　北陸 源平の人と文学
第23号	2005年春	特集　幾多郎、敏、大拙―思想の輪廻
第24号	2005年夏	特集　軍都金沢の記憶
第25号	2005年秋	特集　日和見でなかった加賀藩の明治維新
第26号	2006年冬	特集　金沢の正月、おもしろ大研究
第27号	2006年春	特集　台湾と北陸、有縁のいま昔
第28号	2006年夏	特集　解けてきた金沢城の謎
第29号	2006年秋	特集　四高120年―学都金沢の記憶
第30号	2007年冬	特集　塩硝の道 加賀藩支えた隠し玉
第31号	2007年春	特集　北陸の発酵食品 おいしい文化大研究
第32号	2007年夏	特集　地震で分かった能登文化の奥深さ
第33号	2007年秋	特集　知られざる金沢
第34号	2008年冬	特集　八甲田の遭難に金沢の軍医
第35号	2008年春	特集　加賀八家の実像と実力
第36号	2008年夏	特集　ナントりくつな音楽祭
第37号	2008年秋	特集　赤羽ホールは文化のメッカ
第38号	2009年冬	特集　ふるさとが育んだ八田與一
第39号	2009年春	特集　危機に克つ この言葉
第40号	2009年夏	特集　安心して死ぬということ
第41号	2009年秋	特集　「落語的生き方」のススメ
第42号	2010年冬	映画特集　『武士の家計簿』『SAKURA SAKURA』
第43号	2010年春	特集　日仏交流の16日間／長谷川等伯 没後400年
第44号	2010年夏	特集　演劇のチカラ／65年後に手にした四高卒業の証し
第45号	2010年秋	特集　加賀藩がはぐくんだ知の土壌／金沢に「金沢おどり」あり
第46号	2011年冬	特集　現代に親鸞を問う／鏡花 その奥深き魅力の秘密
第47号	2011年春	特集　芥川賞で浮かんだ〝郷土の文士〟藤澤清造

最多登場は泉鏡花、次点は大拙

各号の背表紙に掲載された人物で判断すると、金沢三文豪である泉鏡花が第5、46、57、93号の4回にわたって登場し最多だった。これに続くのが、李登輝氏も言及した鈴木大拙の3回。第23、49、69号が取り上げた。

第48号	2011年夏	特集	没後20年 鴨居羊子の「下着革命」／御算用者列伝
第49号	2011年秋	特集	鈴木大拙 世界に禅を広めた男
第50号	2012年冬	特集	『坂の上の雲』と北陸
第51号	2012年春	特集	サクラ、サクラ物語
第52号	2012年夏	特集	源平興亡を彩った「仏御前」と「巴御前」
第53号	2012年秋	特集	時代小説ブーム 北陸の剣豪たち
第54号	2013年冬	特集	アニメブームの背景を探る
第55号	2013年春	特集	会津藩と加賀藩の深きえにし
第56号	2013年夏	特集	薬師寺 秘められた飛鳥の風景
第57号	2013年秋	特集	「鏡花を追ってプロジェクト」始動
第58号	2014年冬	特集	包丁侍ものがたり 映画「武士の献立」
第59号	2014年春	特集	見えてきた画聖「長谷川等伯」の実像
第60号	2014年夏	特集	力士「遠藤」に贈るわが応援歌
第61号	2014年秋	特集	建築家ガウディからのメッセージ
第62号	2015年冬	特集	動き出した妙成寺プロジェクト
第63号	2015年春	特集	祝「北陸新幹線開業」記念特別エッセー
第64号	2015年夏	特集	新名勝 玉泉院丸庭園ものがたり
第65号	2015年秋	特集	輪島の海女漁／鴨居ファミリーと金沢
第66号	2016年冬	特集	大坂の陣と加賀藩
第67号	2016年春	特集	相撲文化の精華 100回刻む高校相撲金沢大会
第68号	2016年夏	特集	家族だけが知る郷土作家の素顔
第69号	2016年秋	特集	鈴木大拙 没後50年とっておきの話
第70号	2017年冬	特集	前田家異能の客将 高山右近
第71号	2017年春	特集	白山に魅せられた10の人生
第72号	2017年夏	特集	知られざる郷土の海外交流史
第73号	2017年秋	特集	学府金沢を創った知の源流
第74号	2018年冬	特集	驚異の日本海―その神秘と恵み
第75号	2018年春	特集	明治維新150年―近代石川の秘話
第76号	2018年夏	特集	立国1300年 能登人(のとびと)
第77号	2018年秋	特集	共鳴する金沢の邦楽と洋楽
第78号	2019年冬	特集	近代建築の巨匠 谷口吉郎の金沢
第79号	2019年春	特集	生誕120年 島田清次郎と文学賞
第80号	2019年夏	特集	茶都金沢の底力
第81号	2019年秋	特集	芭蕉と千代女
第82号	2020年冬	特集	明智光秀は加賀の代官だった
第83号	2020年春	特集	国立工芸館がくる
第84号	2020年夏	特集	黒い門と金の御殿 金沢城 令和の復元
第85号	2020年秋	特集	開港50年 金沢港誕生秘史
第86号	2021年冬	特集	池波正太郎が愛した井波
第87号	2021年春	特集	欧米を虜(とりこ)にした 知られざる絵師 小原古邨(おはらこそん)
第88号	2021年夏	特集	風の盆恋し、なかにし礼と北陸の縁(えにし)
第89号	2021年秋	特集	金石から世界へ いま見直したい伝説の男 安宅弥吉
第90号	2022年冬	特集	見えてきた 西田哲学 よみがえるノート
第91号	2022年春	特集	「石川県」の150年
第92号	2022年夏	特集	富山人、藤子不二雄Ⓐさんの「まんが道」
第93号	2022年秋	特集	鏡花文学賞に育てられた金沢
第94号	2023年冬	特集	北國新聞130年と赤羽萬次郎
第95号	2023年春	特集	立国1200年 加賀国府の謎
第96号	2023年夏	特集	生誕120年 棟方志功 北陸の足跡
第97号	2023年秋	特集	国民文化祭 皇室の至宝を見よ
第98号	2024年冬	特集	前田家当主交代 加賀百万石 継承の実像
第99号	2024年春	特集	能登、忘れ得ぬこと
第100号	2024年夏	特集	復刊100号までの歩み

☆各号の内容は背表紙の表記に基づく

「金沢に（再び）行ったら、できれば『私は私でない私』ということについて話したい」と意気込んでいた。一体どういう意味なのか。言葉には、禅問答の味があった。

西村賢太氏と、「文華」の悲願

もう一人取り上げたいのは、第7号（2001年春）に寄稿した無名時代の西村賢太氏（1967～2

022年）だ。「破滅に殉じた〝能登の江戸っ子〟」と題し、七尾出身の小説家、藤澤清造（1889～1932年）へ、たぎるような思いをつづった。清造の代表作『根津権現裏』について、「絶望に打ちひしがれた男の怒りと反抗」があるとし「同じ鬱屈したものをかかえている者にとってはこの小説に深い感銘を覚えざるを得ないのではないか」と書く。

西村氏はこの寄稿で、生涯初めての原稿料を得た。2011年、『苦役列車』で芥川賞を受けた後、「北國文華」寄稿を振り返り、「金銭的に苦しい生活が続いていたため、早速、久しぶりに飲みに行って、あっという間に使い果たしてしまった」と述べている（第47号）。

西村氏の芥川賞は「文華」が果たせなかった悲願だった。「文華」編集陣は「一人の芥川賞作家を育てること」を目標に掲げていたのである。「北國文華」が西村氏を「育てた」と言えば語弊があるが、本誌への寄稿が小説家として一つの節目となったのは間違いない。

復刊1号は「この地に住む人たちばかりでなく、この地の文化とかかわりのある人たちによる総合雑誌」を目指すとした。大拙から受けた影響を語る李氏、清造へのあふれる思慕を披露した西村氏が本誌で「内なる声」を響かせたことは、北陸が持つ「かかわり」の力の大きさを物語っている。

山折、五木氏の含蓄

100号までの特集は前ページにまとめた。とりわけ含蓄のある論考、インタビューを取り上げたい。

第23号（2005年春）で掲載した宗教学者、山折哲雄氏の寄稿「海と真宗に共鳴した魂」は、西田幾多郎、暁烏敏、鈴木大拙の3人を深く掘り下げ幾多郎はなぜ「善の研究」に取り組み、「悪の研究」ではなかったのか、と問う。北陸の深層に分け入ろうとする筆致は重厚そのものだった。

第75号（2018年春）の作家、五木寛之氏のロングインタビュー「明治の金沢」は、持論である「下山の思想」の先進地こそ、金沢だと強調している。

「下山してふもとに下りたら、また新しく次の山に登ればいいじゃないですか。いっぺん下りないと次の登山はないんですから」との一言は、人生訓として珠玉である。

思想や死生観にとどまらず多彩な分野を取り上げてきた。第54号（2013年冬）は金沢市湯涌温泉を舞台にしたアニメ「花咲くいろは」がテーマだった。評論家の森永卓郎氏、漫画家の松本零士氏といった重鎮も登場しアニメブームの背景を探った。

第60号（2014年夏）は、「力士『遠藤』に贈るわが応援歌」と題して穴水町出身の遠藤関を特集した。「私は遠藤には、昭和のメンコに出ていたような力士になってほしいと思っている」。脚本家で横綱審議委員を務めた内館牧子氏は双葉山のように清廉な勝負師たちを目指せと励ましている。

法律、10分の1は改善

「北國文華」復刊1号から、コラム「法律を叱る」（154ページ）を連載している弁護士の岩淵正明氏は歳月への感慨をにじませた。

「驚いています。もう、そんなに経ったのかと…」

当時の執筆陣でただ一人、欠かさず毎号筆を執り、今号で100回を迎えた。

現行法で救済されていない人たちのために、法はどう改正されていくべきかをテーマにし、訴訟、相

「北國文華」で連載してきた「法律を叱る」を振り返る弁護士の岩淵氏＝金沢市内

談など弁護士の実務を通じて感じたことをつづった。

叱り続けてきた手応えを尋ねると、「この26年で、書いてきた法律の10分の1ぐらいは改正されましたが、残りはまだまだ」と苦笑いする。インターネットなど新しい分野も増えてきた。

「法律を叱る」第1回では、戸籍法を取り上げた。「家」意識を基盤とし、明治の規定を引きずる戸籍法は、事実婚や再婚家族など現代の家族の多様性に合わないと指摘した。

「法律相談ではなく、法律分野の問題点を申し立てるコラムは珍しいのではないでしょうか。こんな欄を設けたのは卓見だと思います。私なりにいろんな問題点を掘り下げるきっかけになりました」と話した。

「他信」に本物の花なし

復刊の言葉に戻る。

初代編集人の松村氏は、両親が石川県出身の洋画家、中川一政画伯の逸話を紹介する。美術評論家の「一声」が、若い絵描きに自信を与えるのではないかという意見に、画伯は「そういうものは自信とはいわない。他人に誉(ほ)められてつくのだから、それは他信である。他信に本物の花が咲いたためしはない」と一蹴した。そこでこう記している。

「この中川画伯の一言のような味わいを求めていきたい」

ひょうひょうとした雰囲気を醸し出しながら若い記者を励ましたありし日の松村氏は、「北國文華は、赤字を垂れ流しながら、出すもんなんや」と語っていた。

決して、書店に置かれて飛ぶように売れる雑誌ではない。「北國文華」は、圧倒的多数である定期購読の皆さまに支えられてようやく成り立っている。事情が許す限りこれからも、高楊枝をしてても「内なる声」を伝え続けてゆかねばならない。 α

〈2001年〉
平成13年

21世紀を生きる日本人の精神はいかにあるべきか。金沢の古刹（こさつ）、大乗寺住職を務めた「平成の名僧」板橋興宗氏と、『道元禅師』で2007年に泉鏡花文学賞を受ける作家の立松和平氏の対談は、令和の世に通じる示唆に富む。「北國文華」第6号（2001年冬）から再録した。（肩書きは当時、敬称略）

〈特別再録〉曹洞禅と日本人のこころ

宗教が渇望される時代

板橋 興宗（曹洞宗大本山總持寺貫首）

立松 和平（作家）

立松　板橋禅師さまは、金沢の大乗寺で修行されてこられたわけですが、大乗寺時代は、やはりお懐かしいですか。

板橋　私の坊さんとしての師匠にあたる方が大乗寺の

住職を務めておられて、修行というよりも師匠のそばで若い時代にしばらくおりました。その後、ここ（總持寺）に来るまで、大乗寺の住職として17年間おりました。そういう意味では金沢は大変、懐かしいところです。

立松　道元禅師が開かれた越前の永平寺もそうですが、金沢というと、冬は北陸特有の暗鬱なる寒さというものがありますね。

板橋　禅の修行と寒さということは、我々はあまり意識しません。それに、北陸の冬は、寒さそのものは大したことはありません。雪が降る分、非常に湿っぽくて、日照時間が短いということはありますが、寒さはそうでもないですよ。

立松　確かに、僕はしょっちゅう北海道の知床に行っていますが、北海道に比べれば北陸の冬の寒さは大したことはありませんね。

板橋　寒さというより雪でしょうね。雪も最近は随分と少なくなりましたが、よく「雪国」というふうに呼ばれますね。私は、雪国の人の性格や性質、あるいは人情というのでしょうか、これはほかのところとは絶対に違うと思います。ドライという言葉があって、ドライな人間というふうに使いますが、英語ではその逆はウエットですね。湿っぽいとか、潤いがあるという感じでしょうか。そういう趣が雪国の人にはあります。田舎と都会の人情の違いのようなものです。それでは都会の人はカラッとしていて人情が薄いのかととられると差し障りがありますけれども、人の情にはやはり風土の違いというものがあると思います。

雪を踏みしめ托鉢する大乗寺の修行僧
=2018年1月、金沢市内

対談する板橋氏（右）と立松氏＝2000年10月、横浜市の曹洞宗大本山總持寺

立松和平（たてまつ・わへい）

◉1947（昭和22）年栃木県生まれ。早大政経学部在学中、第1回早稲田文学新人賞。80年に野間文芸新人賞、93年に坪田譲治文学賞。97年に毎日出版文化賞。曹洞宗の開祖を描いた「道元禅師」で2007年に泉鏡花文学賞。北國新聞・富山新聞で「立松和平の禅語を読む」、北國文華で小説「寒紅の色」を連載した。10年、62歳で死去。

板橋興宗（いたばし・こうしゅう）

◉1927（昭和2）年宮城県生まれ。旧海軍兵学校を経て東北大文学部宗教学科卒。渡辺玄宗禅師に就き、得度する。81年から17年間、金沢市の大乗寺住職。98年、大本山總持寺貫首、曹洞宗管長。2002年に現在の越前市内で御誕生寺を再興し、同年、輪島市門前町の總持寺祖院住職に就いた。20年、93歳で死去。

立松　そういう雪国の大乗寺にいらっしゃった時は居心地がよかったですか。

板橋　大乗寺時代と、ここの生活とは対比できないんです。なぜならば、大乗寺はお店でいうなら、まあ、ちょっとした老舗（しにせ）の普通のお店です。しかし、ここは大企業です。私が檀家（だんか）の人と一対一でお話をすることはないし、私が檀家の方々のところに行ってお経を読むこともありません。というより、できないのです。大乗寺時代とは生活の質がまるっきり違います。あまりに開きがありすぎて、比べることができません。

「純金」を求めた道元禅師

立松　北陸は、新潟まで含めて、人が粘り強く、結論を急がずに見守ってくれるところがあるんじゃないですか。良寛（りょうかん）さんもそうですね。曹洞宗のお坊さんですが、雪深くて人が粘り強い新潟でなければ良寛さんも現れなかったように思います。明るくて、いつも開けっ放しで暖かな風が吹き渡っていくような、例えば瀬戸内海のようなところでは良寛さんは出てこなかったのではないでしょうか。修行という点では、雪は似合うように思います。閉じ込められるというのがいい。雪に閉じ込められて、こもっていると、精神性が複雑に変わっていくのではないでしょうか。

板橋　道元禅師は、なぜ、越前の山の中に入られたか。同じ禅であっても、臨済宗のほうは、傾向として朝廷とか、その当時の権力者、権威者と深く交わっていました。また、曹洞宗に比べて禅らしかったですね。そうした、いかにも禅らしい気風、宗風をいまだに持っておられます。それがために、ひとことで禅文化といわれるものは、ほとんど臨済禅から発展しています。臨済宗は鎌倉幕府に召されたのでしょうが、お互いに親近感を持って交わっていたということでしょう。そういう宗風は今でも持っておられて、例えば財界の大物が参禅するというと大概は臨済宗のお寺です。それに対して、曹洞宗の道元禅師は、京都の非常に高貴な家の出で、多くのお公家さんたちが寄ってきたのに、越前の、しかもあんなに雪深いところへ入られた。なぜかというと、私はたった一つだと思うんです。そこには道元禅師の願いがあったのだろうと思いますが、私なりの比喩で申し上げますと、切り花はどれほど豪華なものを集めて生けても、いずれは必ず枯れてしまいます。ところが、道元禅師は「一箇半箇」という言葉を使われているように、半分でもいいから本物の根を育てようとされた。我々は「一箇二箇」といいますが、「一箇半箇」といわれたところに味があります。本物を育てるには人々が近づいたり、守ってくれるようなところではなく、とにかく山へ入ろうとされたわけですね。

立松　波多野義重（鎌倉幕府の執権北条家の家臣で、越前に所領があった。道元と親交があった）が招いてくれた、そこが越前だったわけですが、むしろ道元禅師は自ら求めて山深い越前に入られたということですね。

板橋　もちろん、いろいろ因縁はあります。波多野氏がお導きになったことも確かにあります。でも、わざわざ、あそこへ行かなくてもいい。私だったら、同じ越前でも越前海岸のほうへ移りなおしますね（笑）。つまり、道元禅師は、金属でいうと、あくまで純金を求められたのだと思います。ところが、純金は実用には向かないんですね。眼鏡の縁や万年筆のペン先、金歯にしても合金にしなければ実用にはならないでしょう。合金というと偽物という印象がありますが、私はそうではないと思います。純金の入れ歯を入れてごらんなさい、とても使えません（笑）。しかし、道元禅師は、親孝行のためにお経を読む暇があったら、その分、座禅をしなさいという方です。道元禅師に限らず、宗祖といわれる方は、そういう純粋さを持っているんですね。

自然の力に閉じ込められて

立松　道元禅師がなぜ北陸に行ったのかと考えると、これは僕のイメージですが、冬になると座禅をするしかない、自然の力に閉じ込められて煩悩が消えていくようなところがあるのではないかと思うわけです。また、道元禅師は自然に対して研ぎ澄まされた感覚を持ち敏感な方ですから、季節のはっきりした北陸、自然の力がよく見えるところを選ばれたのではないかと思います。雪が降り積もっても、たまに晴れたりすると陽光がキラキラ光って、とても美しい。そういう自然との交感も道元禅師にとっては大切なことだったのではないでしょうか。いろいろな意味で北陸の風土が道元禅師にあっていたように思います。一度だけ鎌倉に行かれて、あとは亡くなるときに京都に行かれていますが、それ以外はほとんど越前にいらっしゃったわけですね。

板橋　宗祖が純粋である宗派は後の世まで生きるんです。初めから不純だと、純金ではない、あやふやなものにまた合金しますから、もう金ではなくなってしまいます。ただ、人間というのは、例えば親が亡くなったり子供が亡くなれば嘆き悲しむ、あるいは、いろいろな不安や心配事がある時に、ただ座禅しなさいといわれても、これは難しい。こういう言葉が適当かどうか分かりませんが、「応病与薬（おうびょうよやく）」といいますね。病に応じて薬を与える。あるいは「善巧方便（ぜんぎょうほうべん）」、よろしく巧みな方便です。方便という言葉は悪いものだという印象がありますが、私は方便がなかったら人間は生きていかれないと思っています。宗派も同じです。純粋なものだけでは人の用に立たず、宗派として残っていくことはできない。両々あいまって宗団として伸びていく。曹洞宗でいえば、道元禅師の純粋さに、実用というか、人々の要求にこたえるものを加え、宗団として組織されたのが能登に總持寺を開かれた瑩山禅師です。それで、曹洞宗の大本山が期せずして永平寺と總持寺の二つになった。

立松　今日の曹洞宗が大宗団になった、その隆盛のもとをつくられたのは瑩山禅師ですね。道元禅師はもっぱら修行をして、宗派をつくろうなどとは思ってもいなかった。自分の身の回りに弟子はいましたが、一人でも多く弟子をつくろうというのではありません。来る者には教えるが、積極的に宗団を大きくしていこうという思いはなかった。祖師というのは、そういうものなのですね。

花に惹かれ水に惹かれるように

立松　僕が道元禅師に惹かれるのは、生意気なことを言わせてもらってすみませんが、花に惹かれて、水の流れに惹かれて歩いていたらそこにきた、という感じなのです。何かがあったから、AだからB、BだからCになったというように論理的に来ているわけではありません。僕はいま、永平寺の機関誌「傘松」に道元禅師の御一代記を書いていますが、例えば僕が書きたいと思っても、書かせてくれる場所がないと書けないわけです。原稿用紙で月に20枚ですが、毎月座禅をしているような気持ちで書かせてもらっています。修行をしているような感じですね。いわば僕は迷っている鳥で、追い詰められて懐に飛び込むような気持ちで書かせていただいているのです。もちろん、苦しいことはあります。どう調べても分からないということもあります。では、なぜ書くのかと問われれば、僕にとっては行なんですが、花に導かれ、鳥に導かれて、そこに至ったという感じです。そして気がついたらペンを持って紙に字を書いていた、道元禅師の御一代記を書いていたということなんです。もっと具体的に言えば、書きなさいといわれたから書いている。それは御縁ということだと思います。僕は小説家だけれど、その僕に書かせなさいといってくださる御縁というのはとても大きいと思っています。

板橋　道元禅師の小説を書くというのは、なかなか大変でしょうな。

立松　いま、ようやく中国に渡るところにかかっているのですが、例えば博多へ行くのにも船で行ったのか陸路で行ったのか、諸説ふんぷんですね。でも、2年間過ぎてようやくドラマチックに動き出したところです。道元禅師という方はじっと動かなかったというイメージがありましたが、周囲にはたくさんのドラマがあるんですね。そうしたドラマを丹念に拾っていけば小説は完成すると思っています。ただ、小説の場合は、どこかでボタンを掛け違えると、ずっと最後まで掛け違ったままでいってしまうので注意しています。途中で訂正することはできませんから。

きわどかった中国での修行

板橋　道元禅師は中国に渡られて各地を回りますが、自分に本当の安心を与えてくれるようなお師匠さんはいないではないかということで日本に帰ろうとされますね。まさにそのときに、一人の老僧と出会う。その老僧が道元禅師に「天童山の住職になられた如浄（にょじょう）禅師にお会いなさい。前にも行かれたでしょうが、もう一度、行ってみなさい」というわけです。これも御縁ですね。その人にふさわしい御縁というものがあるんです。そして、道元禅師は如浄禅師に会われた瞬間に「この人あり」と感激し、如浄禅師もまた「外国の好青年よ」と叫ばれる。ここから道元禅師の納得のいく修行が始まり、ついに「一生参学の大事は終わった」という心境に至ります。一生のうちに学ぶことがみな終わったといわれるのですが、その結論は「目は横に鼻は縦についている自分に気がついた」ということです。これまで自分が尋ねていた仏法には一つも仏法らしいものはなかった、ありのままの自分でよかった、ということに気づかれた。迷いの根源が、何かをよそに求めていたことだということに気づかれたわけです。

立松　まさにドラマですね。

板橋　一方、道元禅師とともに中国に渡った師匠格の明全さんは天童山（現在の浙江省寧波市）で亡くなります。道元禅師は、その御遺骨を抱いて日本に帰られるわけですが、もしも明全さんが道元禅師と同じように「一生参学の大事終わりぬ」という解脱の人となって日本に帰っていたら、その後の日本の仏教界は全く変わっていたでしょう。その逆に、道元禅師が如浄禅師にお会いにならなかったら、あるいはお目にかかっていても「一生参学の大事終わりぬ」という痛快なる叫びを発するまでに至らなかったら、今日の曹洞宗はもちろんなかったでしょう。道元禅師の中国での修行には、きわどい場面、立松さんのおっしゃるドラマがいくつもあったと私は思っています。

立松　本当にきわどかったと思います。道元禅師に天童山へ行くことを勧めた老僧は異形の僧だったということです。要するに変わった格好をした僧からいわれたわけですが、道元禅師も半信半疑だったのではないですか。

板橋　半信半疑だったでしょうね。ただ、一つ思うのは、老僧がそういってくれたというのは、道元禅師に絶えず何かを求めるものがあったからでしょう。響かない者には、どれだけいっても響かない。道元禅師だからこそ老僧も天童山へ行くことを勧めたし、道元禅師も響くものがあったのだと思います。

満たされているのに足りない

立松　いまの時代、禅に限ったことではありませんが、宗教というものが渇望されている感じを受けるのですが、いかがですか。

板橋　敗戦後、ものがない時代には、誰もが食うものがあったり、住まいがあったり、あるいは福祉が進んだり、いろいろなことが便利になって快適な生活ができるようになれば人間は満たされるものだと信じていたんです。口には出さなくても、そう信じていたわけです。そして、いざ満たされてみたら、まだ足りないんですね。満たされるということには際限がありませんから。客観的に見れば満たされているのに、まだ足りない、足りないといっている。そんな中から何が出てきたかというと、犯罪です。あるいは道徳心がなくなった。個人主義、利己主義というものが頭をもたげてきた。言葉に出すときは自由とか基本的人権とかいっていますが、その中身は気まま、わがままを育てているにすぎません。そこで、一部の人たちは「ものだけではないのではないか。心の癒やしが必要だ」というようになって、最近ようやく、心が満たされることが大事ではないかということに気づいてきたんです。敗戦から50年たってようやく気づいたわけですが、私は昭和27、28年ごろ、坊さんになって初めて郷里へ帰ったときに直感として思ったことがあります。敗戦から10年足らずでしたが、田舎では槌音（つちおと）高く建設工事が進み、自動車が行き交っていました。それを見て、何を思ったか。「ああ、これからは精神科の病院がはやるぞ」と、そう直感したんです。それから、警察も忙しくなるぞと。そして、もう一つ、どちらの世話にもならずに禅寺に入ってくる者が増えるぞと、そう直感しました。

響かない者には響かない 板橋
「仏教を書く」社会の要請 立松

立松 昭和27、28年に直感されましたか。

板橋 いま、禅寺ははやっているんですよ。なぜなら、私のところに取材に来るでしょう。これ、はやっている一つの証拠なんです（笑）。

立松　なるほど、僕が板橋禅師さまとお会いできるというのも一つの表れなわけですね。僕の場合、仏教をとにかく学びたいのです。良寛さんの本も読めば、日蓮や弘法大師空海の本も読むし、法然も親鸞（しんらん）にも惹かれます。僕も大衆の一人ですから、おそらくみんなもそういう気持ちになっているのでしょうね。小説を書くという僕の仕事も大きく宗教に傾いています。僕の場合は仏教ですが、これも一つの社会の要請なのでしょう。もちろん僕自身の要請でもあって、それが一番強いのですが。

板橋　精神科にしても、今の時代はある意味でほとんどの人が潜在的な患者のようなものです。ストレスとかノイローゼといった言葉が普通に出てくること自体、そういうことではないですか。昔は、例えば敗戦後の日本では、きょう一日どう食うかということが目標だったから迷いようがなかった。いまはどうです。スーパーで何かを盗むといっても、本当にそれが欲しいからというのではなく、一種のゲームです。スリルを求めて盗みをする、そんな時代になっている。そして、まだ足りない足りない、といっているんですね。こうした風潮は、ますます進むと思います。だから精神科の病院と警察は、ますます忙しくなる（笑）。

立松　禅寺はどうですか。

板橋　精神科と警察が忙しくなるのに応じて、数は少ないけれども、禅寺志向の人も増えてくると思います。禅寺というより、宗教といいましょうか。心の癒やしといったほうが一般の人には分かりますね。癒やしを求める人たちも、ますます増えてきます。ものが豊かになって快適な生活になったが心のだらけを覚えている、食うこともコントロールできない自分を分かっている人は、これではいけないと宗教などに救いを求めてくるんです。落ちていく者がたくさんになると、これじゃいかんと上にあがろうとする者が多くなるのは当然だと思いますね。物質的に豊かになればなったで、そこから逃げ出そうとする人たちも出てくる。そういう人たちが心の癒やしを求め、そして、ある人たちはそれを宗教に求めるのでしょう。立松さんが、いまの時代に重用されるのも、そういうことです。

胃袋に負けている日本人

立松 僕は、宗教というより、宗教性を回復したらいいと思うのです。宗教性というものを持てば山河に対して優しくなるし、悪いこともしないでしょう。仏さまが見ているからと、少し前までの日本人はそういう気持ちを持っていました。宗教性を持つということは、どこかで自分の行動を規制していくような感覚を持つということです。敗戦後間もなくは、みんな胃袋でものを考えていたように思います。今の世の中、胃袋でものを考えるということがなくなりましたね。

板橋 胃袋で考えるというより、みんな胃袋に負けているんじゃないですか。若い人でも肥満の多いこと。それは、やはり胃袋に負けているんです。アルコールも胃袋の部類です。みんな、それに負けていて、そこから立ち上がれないでいる。そのうち性格も根気がなくなってきて、だけど胃袋だけは元気だから、最後はものを盗むとか人を殺すとか、世の中が荒れてくるんです。まあ、胃袋に負けるというのはいつの時代でも同じなのでしょうが、ただ昔は胃袋を満たすにも程度というものがありました。

立松 一時期、アジアの国々からたくさんの労働者が日本に出稼ぎにきていましたが、彼らは自分だけじゃなく、家族の胃袋を満たすために、懸命に稼いでいたわけです。別にダイヤモンドを買おうとして稼いでいたわけではない。純粋に胃袋の問題だったわけですが、今の日本は飽食の時代といわれているのに、まだ胃袋に負けている。

板橋 胃袋に負けて、自分でコントロールしたり、セーブしたりできなくなっている。日本人全体が肥満の傾向にあるのは、その象徴ですよ。

飽食の時代と呼ばれて久しい。板橋氏は「みんな胃袋に負けているんじゃないですか」と指摘する

立松　總持寺のような禅寺では、道元禅師が最初に伝えた形で食事を取っているわけですね。以前、禅のお坊さんから聞いたことがありますが、その程度の食べ物でも体には十分だそうですね。ところが、若い人が寺に入ってくると、みんな脚気(かっけ)になるという。それはなぜかというと、僕なんかもそうですが、ふだんは俗世にあっておいしいものをたくさん食べていて、それを全部消化、吸収すると栄養過多になってしまうから、胃や腸が吸収しないようになってしまったというんです。だから、本来は禅寺の質素な食事でも十分なのに、胃や腸が吸収しなくなっているから、それで脚気になる。そして、一度脚気になって苦しむと本来の消化吸収能力が甦(よみがえ)って、ちゃんとした禅寺のお坊さんになるんだというようなことを聞いたことがあります。

煩悩も欲望も、みんな胃袋

板橋　そうですか。それは大変にありがたい理解ですが、現実は別なこともあると思います。それはともかく、確かに修行僧がここに入ると外のものは一切食べられません。その一方で運動量がすごい。ですから、だいたい20キロは痩せるのが普通です。

立松　20キロもですか。

板橋　私の弟子で１１０キロから55キロに痩せた者もおります。さすがに私も病院に入れましたが、どこを診ても悪くないというんですね。その後、少し増えて、今は六十何キロかになりました。永平寺でもそうですが、修行僧時代の顔が一生のうちで一番いい顔をしています。修行を終えて寺を出ると胃袋に負けてしまうから、大したことはない（笑）。

立松　僕のように4、5日の間、参禅するというのなら実に爽快なんですが、それをずっと続けるとなると、これは大変です。江戸時代の作仏聖（多くの仏像を造り、布教した僧侶）木喰行道（１７１８～１８１０年）は、米や麦、粟、稗、豆の類は食べず、もちろん動物性のものもいっさい食べずに、蕎麦や草の実といったものを食べて、それで九十幾つまで元気に仏さまを千数百体彫りました。これは特別なんでしょうが、今の俗世ではグルメなどといって高カロリーで高タンパクのものをばくばく食べて、その結果、人間の生理を壊しているようなところがあります。

板橋　それが胃袋に負けているということですね。煩悩に負けるとか欲望に負けるとかいいますが、私なりにいうと、みんな胃袋ですね。

立松　僕も胃袋には弱いですよ（笑）。アイヌ民族の文化の伝承者に萱野茂さん（１９２６～２００６年）という方がいますが、萱野さんは「昭和30年代の生活に戻すと日本はずっといい国になる。というより、戻さなければいけない」とよくおっしゃっています。僕らの子供の頃ですね。この何十年か合理的な生活というものを追い求めてきた結果、非合理的な生活になってしまったというのが現代です。バブル以降、それこそ胃袋に負けてしまって、粗食に戻すことを胃袋が受け付けなくなっていますが、昔の生活というものを取り戻すことを真剣に考えなければいけないような気がします。

社会全体が間延びした日本

板橋　以前、大乗寺の住職が何歳で亡くなっているか、わかる範囲で調べたことがあります。御開祖の徹通義介禅師が亡くなられたのは確か91歳です。住職の平均は六十幾つでしたかね。

立松　「人生五十年」といわれた時代ですから、ずば抜けて長生きですね。

板橋　もちろん、大乗寺の住職というのは、昔は位人臣を極めるような立場でしたから、長生きしなければなれないということもあったと思います。ただ、一つのバロメーターではあります。大乗寺の住職もした私の得度の師匠は、魚ものはいっさい食べませんでした。魚でダシをとったものでも後で気持ちが悪くなるというほどで、いわば菜食主義者でしたが、この方も95歳まで生きられましたからね。だから、肉食をとらなければいけないというのは、医学的な見地からいえばそうかもしれませんが、そうでもなさそうです。

立松　僕はいま、松尾芭蕉のことをいろいろと調べていますが、芭蕉は46歳で旅に出て、51歳で亡くなっているんですね。人生五十年の時代ですから、46歳というのは一般的にいっても晩年です。晩年にすべてを放下（俗世を解脱すること）して旅に出たのが芭蕉だったと僕は思っているのですが、考えてみると短命な時代には一国一城の主でも商家の主人でも、みんな20歳ぐらいには一人前なんですね。短命な時代には、人はどんどん成熟していったという思いがしています。

板橋　やっぱり寿命が長いとね（笑）。

立松　だらっとしますか（笑）。

昔は社会が凝縮されていた　板橋

板橋　昔は15で元服です。もう大人としての教育をするわけです。そういう立場の人は、それなりに成熟するんじゃないですか。いまは、20歳でも周囲は大人とは認めないし、本人もそんな気持ちでいる。結婚にしても、以前は20歳そこそこまでにしたけれど、今は20歳で結婚なんてアホくさいといっているわけでしょう。30歳ぐらいになって少し慌てて、それを過ぎたらもう結婚しないという時代です。いうならば、昔は社会全体が凝縮されていたんでしょうね。中学まで行けばいいほうでしたから、みんな15、16歳で社会に出て、20歳になれば一人前だった。その逆に、いまは、社会全体が間延びしているんですね。「20歳？まだまだ若い」といわれて、本人もその気になって、だらっとしている（笑）。

立松　そうですね。いまは40歳になっても、へたをすると50歳になっても自立していない人がいますからね。個人の勝手かもしれないけれど、昔は50歳になったら死んでしまう。短命の時代の充実感といったものがあったように思います。昔の人は一分一秒が惜しいという、そういう思いを持っていたんでしょうね。

板橋　ノーベル賞級の研究というのは、みんな30代のものだそうです。人間の脳の働きや、あるいは体力にしても、30代がピークなんでしょうね。ところが、そのあとの余命が長くなってしまった。

余命が長いから何もしない　立松

立松　そうなんです。余命が長いから、結局、何もしないで、そのうちに終わってしまう（笑）。

板橋　一日の時間が間延びしてごらんなさい。いつまでたっても、まだ午前中だから大丈夫ということになる。

純粋なるものを求めよ

立松　そうした時代の宗教とは、どうあるべきなのでしょう。

板橋　これからの時代、宗教ももっとちゃんとしなければなりません。先ほど「応病与薬」ということを言いましたが、ボランティアなど宗教活動を広くやることもいいですよ。宗教の「宗」の字も知らない人もいるし、困っている人もいますから、それも大事なことです。ただ、これからの時代、もし宗教家に求められるとすれば、それは純金を求めるということです。道元禅師は「一箇半箇」といわれましたが、純金を求める人が一人でも半分でも多くなることが宗教全体の裾野を広げることになります。道元禅師や、あるいは鎌倉時代の祖師たちのように純粋に求める方が少なくなっていることが、今日の宗教界の大きな問題ではないでしょうか。言葉や掛け声では布教、布教といっていますが、私に言わせると何を布教するかについて自分で探求することが少なくて、布教の技術や量、数、あるいは効果を狙うことに陥っているのではないですか。

何を布教するのか、探求しない　板橋

立松　確かに宗教も変わらなくてはいけないし、どの宗派も例外なく、みんな変わろうとしているんでしょうね。葬式仏教という言葉はおかしいけれど、江戸時代以降、そこに基盤を置いてきましたから宗教は生活の中に密着していったわけです。しかし、きちんと葬送するということは技術的に完成されていますが、今生きている人をどう救うかという課題が大きく残っているように思います。

板橋　例えば、芸術家が本当にいい作品を残そうとしたら売れる作品は作っていられません。しかし、たとえ1点でも2点でも、本当にいい芸術作品は、どれほど人々の心をとらえるか。宗教家も同じでしょう。本当の純粋さを求める人が少なくなったことが一番の憂いです。しかし、いつの世でも時代が要求するときは、それなりの人が育つのです。例えば、明治維新の時に志士といわれた人たちが数多く出たように、あるいは鎌倉時代、本当の仏法が求められたときに期せずして各宗派の祖師たちが出たように。実は私は、敗戦後がその時期だと思っていました。ところが、敗戦後はとにかく、みんなが食うことに精いっぱいだった。それで出てきたのが現世利益、いかに快適に生活を満たしてくれるかという救いのほうの宗教がはやったんです。ところが、それだけでは物足りない。本当の心の癒やしは何なのかということが、50年たってようやく時代の要請になった。これが時代の要請である限り、これから10年、20年の間に道元禅師やほかの祖師たちに匹敵するような、純粋なものを求める宗教家が出ると思いますし、出なければ駄目だと思います。出なかったら困ります。

立松　本当にそう思います。僕は道元禅師の小説を書くために鎌倉時代のいろいろな文献を読んでいるのですが、あの頃は地震が多発しているんですね。大雨が降ると、たちまち水が出る。そして旱魃（かんばつ）、戦乱でしょう。そういうときに道元禅師や日蓮、親鸞といった鎌倉の祖師（そし）たちが出てきて、それぞれの立場から人々を救おうとされた。鎌倉時代というのは、本当にいまの時代と似ているように思います。火山が噴火する、地震が頻発する。そういうときに一番大切なのは人の心を扱う宗教です。いまは宗教のルネサンスのための地ならしの時代ではないでしょうか。もしかしたら僕も板橋禅師さまもこの世にいなくなったときに蓮の花が咲くのかもしれません。

誇りを持てなくなった

板橋　いま、日本はものに満たされていますが、一方で日本の文化というものがなくなってきています。

日本の文化というのは「日本人としてのこころ」と言い換えてもいいでしょう。謙譲の美徳とか、あるいは恥じらいとか。そして日本人が日本人であることの誇りを持てなくなっています。しかし、日本人がこのまま堕落しきってしまうかというと、私はそうではないと思っています。そのきっかけが何かというと、非常に嫌な言葉ですが、何かの国難に遭ったら日本人はまだ奮起します。その国難が何かは私にもわかりません。いまの程度の国難では日本人はまだまだ眠っている。

立松　国難というと、鎌倉時代にあった元寇（げんこう）のようなものですか。

国難が日本人を奮起させる　板橋
ルネサンスへの地ならし　立松

板橋　そういうと差し障りがありますから国難とだけいっておきましょう。阪神大震災がありましたが、あれが東京のど真ん中であったらどうなるか。自然の国難もあるし、人的な国難もあるでしょうが、そういう国難に向かって立ち上がるときの日本人はまだ期待できると私は思っています。ただ、それも今の50代以上の人たちが元気な間でないとね。30代ぐらいになると、私もちょっと保証できない（笑）。

立松　30代以下の世代ではちょっと弱いですね。

板橋　30代の人たちにも我々が気づかないところがあるのかもしれません。例えば、ボランティア。神戸の震災のときや、北陸の海に重油が流れ着いたときには、若い人たちも大勢出かけていきましたからね。日本人にはまだ、そういうところが残っている。だから期待はしています。人間、だらけているときには痛い日に遭わないと奮起しないでしょう。国全体もそうではないですか。その痛い目が何であるのか、

板橋氏は「国難」を詳細に語らなかったが、住職を務めた總持寺祖院は2007年、24年の2度の能登半島地震で大きな被害を受けた＝2024年1月、輪島市門前町

私にはいえないし、予測もつかない。ただ、そのときには日本人は奮起するだろうと、この年寄りは思っています（笑）。

立松　板橋禅師さまはある程度、国難を予想されているのですね。

板橋　天変地異は間違いないですね。なにしろ地球は動いているんですから。

立松　大地震ですか。

板橋　地震もあるでしょうね。それと人的なこと、例えば国際的なこともあるでしょう。具体的にはいいにくいのですが、日本人が日本人であることに目覚めるきっかけとでもいっておきましょうか。いまの世の中、何か平均化された国際人みたいになることが理想のように思われていますが、本当にそうなんでしょうか。オリンピックで日章旗が上がるのを見て拍手するのさえやめろというのは不自然ですね。祖国愛がどうしていけないのでしょうか。まず日本人が日本人であることへの誇りを持たなければ、国難にも立ち向かえません。

〈1948年〉
昭和23年

〈特別再録〉作家 深田久弥氏を囲む座談会

小説の面白さについて

「北國文華」の源流は、1945(昭和20)年12月に創刊された「文華」にある。当時の北國新聞社が発行し、戦後の文化復興を後押しした。今年は加賀市出身の深田久弥(1903〜71年)が代表作『日本百名山』を送り出してちょうど60年でもある。深田を囲み、編集陣とともに「小説の面白さについて」語り合った1948(昭和23)年7月号の座談会から、当時の熱気を伝えたい。

小松 伸六
沢木 欣一
深田 久弥(作家)
西 義之
加藤 勝代

文中の仮名遣い、送り仮名は現代のものに改め、漢字も新字体にしました。平仮名を漢字にしたり、漢数字を洋数字にするなど再編集した部分があります。ご了承ください。三人社(京都)の「文華」復刻版を底本とし、脚注は北國文華編集室が補いました。

苦渋のメルクマールから

小松 今日は編集部から特別な注文はないのでして、小説の面白さということについて、あまりかたくならずに話していただきたいのです。というのは、終戦後新人がたくさん出ておりますが、その人たちにみられる共通のメルクマール(指標)は、深田さんが、文学界2月号の文芸時評に書かれたように、苦渋の誇張、煩悶(はんもん)の誇張、虚無の誇張があるように思われるのですが、そういうことから小説が面白くなくなった。小説は元来もっと面白いものであってもよいのではないかという反省には私は同感なのです。

それからこれは私たちの個人的な宣伝になるかもしれませんが、近く東京の近代文庫社から「赤門文学」を再刊することになりました。そのことで東京から若い編集者2人がやってまいりまして、私たちに何か新しいものを打ち出してくれ、戦争を通ったということをはっきり出すようなもの、問題を提起するような作品を送れという大変な難題を持ち出して帰っていったのです。評論はともかくとして、小説はすぐそのようにはまいらぬのではないかと思うのですが、その点、私たちの大先輩である深田さんからお話を伺いたいと思うのです。

先日、菊池寛(※1)氏が亡くなられた。菊池寛は大正の末期に通俗文学に走って今日に至ったわけですが、そういうことで志賀直哉あたりから、菊池が通俗文学に走らなければ、日本の文学もこうまで通俗化しなかったのではないかといわれたことを覚えておりますが、寛は寛なりに小説の面白さを考えての上のことだと思うのですが、菊池寛の功罪ということから、話をしていただきたいと思います。深田さん、寛が通俗文学に走って今日まで純文学に戻らなかったということはどういうことなのでしょうか。

菊池寛と通俗文学

深田 菊池寛という人は非常に現世

※1 菊池寛 1948(昭和23)年3月に死去した。現在に続く芥川賞、直木賞、菊池寛賞の創設に関わった。戦時中は、「日本文学報国会」の議長となり、映画会社「大映」の社長も務めた。戦後、公職追放された。

的な人ですね。あの人はよく書くものにそういうことを言っておりますけれども、小説なんかで名前を後世に残そうとしない。そういうつもりで、早く言えばみんなを楽しませ生活費をかせぐ、露骨にいえばですね。そういうつもりですけど、まあそういうことはいうだけで本心はどうかしれませんけれどね。本心はやはりあれだけ文学に打ち込んだ人ですから、あるいはそういうことは身振りだけかもしれません。まあじっとして戦後純文学的なものを書こうとしたものがあるんじゃないんですか。歴史物か何かで、ぼくは読まないんですけれども、やはりああいうふうに戦後娯楽がだめになりいわゆる社会的な位置というものが、今までの通り大映社長とか、いろいろなものがなくなると、やはり文学に戻ろうという気はあったんじゃないでしょうかね。しかし功罪といいますと、まあ通俗小説を書いたということは、どういうことでも功と罪は常にあるものですから、やはり僕らが考えて罪より功の方が多いと思いますね。あれ

小松伸六（こまつ・しんろく）

◉1914～2006年　現在の北海道釧路市生まれ。東京帝大を卒業後、旧制四高、金大でドイツ文学を教えた。「文華」創刊時には編集陣の中心人物の一人として活躍、後に編集長を務めた。文華を通じて作家を目指す若者たちにエールを送った。その後、立教大教授に転じ、文芸評論家としても活躍。1979（昭和54）年に菊池寛賞。81年に『美を見し人は』で芸術選奨文部大臣賞。

※写真は「没後15年　文芸評論家・小松伸六の仕事」（北方文学研究会発行）から転載

沢木欣一（さわき・きんいち）

◉1919～2001年　富山市生まれ。旧制四高在学中に作句を始めた。東京帝大卒業後、陸軍に応召。復員後の1946（昭和21）年に金沢市で俳誌「風」を創刊した。内灘闘争では社会主義的イデオロギーを背景とした「社会性俳句」を提唱した。現代俳句、伝統俳句に拠らない俳人による全国組織・俳人協会の会長を務め、亡くなるまで北國俳壇・富山俳壇選者を務めた。

加藤勝代（かとう・かつしろ）

◉1919～1990年　金沢市出身の記者・編集者。東京帝大を卒業し、陸軍に入営。終戦後に北國毎日新聞社（現在の北國新聞社）記者となった。徳田秋声の再評価に尽くし、1947（昭和22）年に卯辰山に秋声文学碑を建立した。後に上京し小説「馬のにほひ」で55年に芥川賞候補となった。編集者として活躍した後、金沢経済大（現在の金沢星稜大）教授も務めた。

※写真は遺稿集「馬のにほひ」（「浮」編集部発行）から転載

西義之（にし・よしゆき）

◉1922～2008年　台湾生まれ。東京帝大卒業後、旧制四高、金大、東大でドイツ文学を教えた。後に金城短期大学長。「北國文華」復刊1号には「昔のこと今のこと」と題した随筆を寄稿。小松伸六編集長の下、編集会議もなく、編集部員もなく、文学青年による実働部隊が原稿を集めていた「文華」時代を振り返っていた。北國新聞・富山新聞に「北風抄」を連載した。

深田久弥（ふかだ・きゅうや）

◉1903～1971年　現在の加賀市大聖寺生まれ。旧制福井中、一高を卒業後、東京帝大中退。改造社の編集者をしながら、作家デビュー。横光利一に高く評価された。1930（昭和5）年に「オロッコの娘」で注目を集めた。戦後は越後湯沢を経て大聖寺へ戻った。座談会の当時は大聖寺在住。64年に刊行された「日本百名山」で「山の文学者」としての名声を揺るぎないものにした。

だけ文学者を、文学そのものよりいろいろな読者を文学に興味をもたせたとか、実際的な面では文学者の位置を高めた。あれくらい文学者を尊重しなければならないと、頑張った人はないですからね。

加藤　著作権の問題なんかで随分働いていますね。

深田　今まで文学者が「三文文士」などといわれて芸人なみに取り扱われていたのに、文学者は国家に非常に大切なものだと、機会あるごとに菊池さんは力説してきましたからね。日本の社会は、文学そのものよりも、社会的地位のある人が文学の大切さを言ってくれた方が、文学の向上になるんですよ。菊池寛が文部大臣にでもなってごらんなさい。文学者はまだまだ尊敬されますよ。

小松　菊池寛が文学の、文壇の社会化といったらいいと思いますが、そういう点では偉い人だと思いますが、そういう偉さはいわゆる作家として、文学者としての偉大さじゃなくて、文学をいわゆる外へ持ち込むと言いますか、文学を普及させるというか、ともかく外部に向かっての文学の宣伝に力を尽くした。そういう偉大さで、例えば坪内逍遥（しょうよう）（※2）が果たした役割のような存在の仕方ではないかと思うんですが。

深田久弥が「非常に現世的な人」と評した菊池寛（1888～1948年）。多くの作家を育てた

出典:国立国会図書館「近代日本人の肖像」（https://www.ndl.go.jp/portrait/）

深田　それもあるでしょうね。しかし人間と文学者という問題になると、それだけでも話していくと相当議論があると思いますがね。とにかく人間としての偉さがあったことは確かですね。いろいろな非難があった人ですけれど、人間としての偉さということの一例を話してみると、ともかくも非常な常識家で、しかもあれだけ常識を無視した人はなかったですね。それから老人になっても非常に若々しいところがありました。

例えば、ダンスをやる。ダンス是非論を別として、年を取ってダ

※2　坪内逍遥　明治から昭和初期にかけて活躍し、『小説神髄』などの著作を通じて、日本の近代文学の成立に深く関わった。

ンスをやろうという気持ちの人はあまりいないですよ。こんなことはささいなことですが、とにかくあれだけ人を引っ張って、古い言葉でいえば親分的な気分といいますか、そういう一つの人間の偉さがありますね。そういうものが文学者の偉さとどういう関係があるかということになると、これはまた問題は別になる。非常に才能のある文学者で処世的手腕がなく、陋巷（俗世間）で傑作を書いて死んだ、と言う人もありますからね。

小松　そういう作家の生き方といいますか、そういう点で菊池寛は非常に気の毒だったと思いますね。芥川龍之介が文学の一つの犠牲として死んだ。それを菊池寛とか久米正雄（※3）は通俗文学に逃げて現世的な名誉とか、物質的なものに惑って成功したと言われる。そういう点で狭いいわゆる文学青年なんかには、今まで軽蔑されてきたところがあったんじゃないんですかね。

深田　それはあったですね。しかしあの人は、そういうことを超越していたんでしょうね。軽蔑したい人は軽蔑してもいいという気持ち、そういう気にでもならなければああいうばからしい通俗小説はちょっと書けないですよ。

西　しかし文壇内部では（菊池寛を）軽蔑していたのでしょうか。

深田　人として尊敬していましたが、通俗小説などは軽蔑していましたね。新聞小説の巧さはあったが、ああいうものが大文学とは言えませんからね。「真珠夫人」（※4）なんかは非常に面白かったですがね、僕は中学生でしたが、こんな面白い小説はないと思いましたよ。やはりあの人の意思は、今までの独善的な狭い文学から抜け出して社会文学みたいなものを書こうという意思があったのかもしれませんね。

文学趣味のある人にだけ分かる小説でなく、一般の人々にも興味を持たせるように、筋にもいろいろな山あり谷ありというような変化に富んだ、しかも広く社会を取り入れた小説を書こうという気があったのでしょう。だから初期の通

※3　久米正雄　大正時代に活躍した。夏目漱石の娘への失恋を契機とするトラブルに見舞われるが、菊池寛の尽力で文壇に復帰、通俗小説に転じた。代表作に『牛乳屋の兄弟』『受験生の手記』など。

※4　「真珠夫人」　菊池寛が1920（大正9）年に新聞連載した初の本格的通俗小説。真珠のように美しい貴族階級の女性・瑠璃子が繰り広げる復讐劇。

俗小説は面白いですよ。だんだん後になって、ほうぼうから頼まれて惰性的に書くようになってからは…。

加藤 惰性というより商品としての文学ということになったんですね。

深田 まあそうですね。お金のいる人だったからね。

小松 (評論家の)小林秀雄(の指摘)でしたか、通俗文学を菊池寛が書いたのもなにか震災後(関東大震災)ですね。地震という天災異変にぶつかっては純文学などというものが、非常に弱いというんですね、文学非力説です。そういうことから通俗小説に走ったということを書いていたんですけれども、文学青年くさい見方ですが…。

新理知派、新感覚派

深田 震災というのは、大きな出来事ですから、考えに影響があったかもしれませんが、あれがなくても菊池寛は今までの日本の小説では飽き足りないものがあったんでしょうね。

小松 やはり自然主義的人間観に対する反逆だった?

深田 いや、いままでの自然主義には不満だったんでしょう。

小松 それから自然主義者が唱えた「実生活と芸術との一致」。すなわち日常生活の芸術化というものにたいする反逆もあるんでしょうね。お金が欲しいとか、ぜいたくをしたいとか、競馬をしたいとかいう、そういう面白さですね。

西 先生が言っていらっしゃるような、文学はもっと面白くなければならないといった文学観の上から通俗に走ったというようなところはありませんか?

深田 そういうこともありましょう。

小松 この間、深田さんの「新文学講座」を拝見しましたが、菊池寛の純文学は自分のために書き、通俗文学は他人のために書くというような……。

深田 あれは確か、何かにちゃんと書いてあったんですよ。菊池寛という人は物事をああいうふうにパンパンと決めていく人だから。その定義を詮索(せんさく)していくと、いろいろ議論もあるでしょうが、しかし

※5 新理知派 大正時代の文芸思潮で、新現実主義とも呼ばれる。雑誌「新思潮」を拠点にし、芥川龍之介、菊池寛らが属した。
※6 白樺派 同人誌「白樺」に属した理想主義、個人主義的な作家たち。志賀直哉や有島武郎らが属した。

大ざっぱにいって真実を突いている言葉だと思いますね。

加藤 それから小松さんの言われた、菊池寛が大衆文学へ行った、というのは、彼の作品の上から見ると初期の作品の根底をなすものから自然に考えられるんじゃありませんか。あの人の人生観などは割合に浅くあっさりと割り切れているんでしょう。

沢木 大正の初めに菊池寛、久米正雄、山本有三が出発して、それから芥川、そういうものを一括して新現実派なんといっていますけれども、そういうものを一括して出発から眺めていくと割合、大衆文学というところに行く必然性があったんではないかと思うんです。

深田 新理知派(※5)といったですね。今まで世間に通っていたことをひっくり返して裏から見るというふうにね。一つの新しい文学でしょうね。じめじめした自然主義から世の中というものを割り切った…。

沢木 一種の観念小説と言えるでしょう。観念小説が悪ければ現実の解釈、やはり思惟(しい)が先に立つという、そういう意味では白樺派(しらかばは)(※6)なんかよりも社会的な目が割合にあったんじゃないでしょうかね。

深田 今、観念的とおっしゃったようだが、ああいうふうなのが観念文学の最初かもしれませんね。

沢木 それが良い意味の観念性を、まともに発達させていかなかったということが問題ですね。

加藤 それは新感覚派(※7)に移行するような、何かがあったんじゃないのか。

小松 それはあると思うんだがね。芥川を新感覚派の連中が受け継いだということは、一応言えると思うんだが……。

深田 とにかく自然主義の小説から抜け出ようとした意味においては新感覚派も菊池寛の一派の影響を受けているでしょうね。

横光利一と日本の文壇というもの

小松 話を変えまして横光利一(※8)という人がこの間亡くなりましたが、横光利一は例えば菊池寛

※7 新感覚派　大正から昭和にかけての新進作家のグループ。雑誌「文藝時代」を拠点とした。横光利一、川端康成らがいた。
※8 横光利一　菊池寛に師事した。1923(大正12)年の関東大震災の衝撃から「文藝時代」を創刊。文学論争を通じて名声を高め、1935(昭和10)年ごろには「小説の神様」と呼ばれた。47年12月死去。

とは別の意味で、文学内部といいますか非常に奮闘して昭和文学史の先頭を走ってきてとうとう亡くなった作家と思えるんです。ここで思い出したのは、深田さんの「実録武人鑑」（※9）です。それが横光さんに認められたということは、これは非常に面白いと思います。あれが例えば菊池寛とか、そういう人たちが深田さんの作品を認めたというのならば、何もおかしくないんですが、あの難解な作家の横光さんが川端康成と一緒に深田さんの小説を一番先に認めたということなんですが、あの人は自然主義とか写生運動を否定しながら、そういう深田さんの分かりやすさ、面白さ、楽しさというものを一番先に認めたという点で面白いと思うんですが。

深田　横光さんという人はどういう異質のものでも、理解しようと努力する人ですね。日常生活で風邪薬のかわりに梅毒の薬を飲んだとかいうふうの非常識的逸話の多い人ですが、付き合いにおいては実に常識的な義理堅い人ですね。例えば人を見送らなければならないところは、ちゃんと見送ったり、出なければならぬ席には必ず顔を出したり、そういうことは実に人情に厚いというか、親切なというか、いい人なんです。

加藤　横光さんの門下生が非常に多いということは、そういうことなんですね。

深田　そうなんです。そういうことは意識してはできないから、やはり一種の人間、人格ですね。日本の文壇というのは、好（よ）いか悪いか知りませんが、やはりそういう親分子分性みたいなことはあるんですよ。…ぼくは横光さんの小説を若い人はどういうふうにみているか聞きたいですね。本当に「文学の神様」というふうに有り難がっているのかどうか、僕は横光氏の作品は若い人がそんなに感心するわけはないと思うんですが。分からない作品が多いですよ。一種の独断的なところがあって…。

西　「旅愁」などは読んでいる人は多いでしょう。

加藤　若い人で？

※9　「実録武人鑑」　深田久弥が1928（昭和3）年、「新思潮」に発表した小説。横光利一が高く評価した。

深田　横光氏は娯楽雑誌や通俗雑誌にはほとんど書かなかった。そういう作家的態度というものを、非常に日本では尊重するところがあると思うんです。そういう意味で横光さんはなんとなく偉い作家という風評が生まれる。するとそれを読まなければならない気がして読んで、なにか感心しなければならないというふうに感じる。そういう一種の盲目的崇拝がありはしないかな。…死んだ横光さんに対してこういうことをいうのは不遜ですが…。

加藤　一番横光さんに魅力を持って引っ張られるのは30代か40代（の文学者）じゃないでしょうか。

沢木　文学青年という狭さじゃなくて、一般に読まれる面白さを持っているのじゃないの。

深田　僕は「紋章」というのは感心しましたね。あれは社会小説としても面白い。しかし、あれ以後は一般社会人が読んで感心するかどうかと思うんです。あまりに文学的に過ぎるじゃないか。

加藤　「アサヒグラフ」の追悼号は横光さんのいろいろな写真を載せていましたが、最後の写真で、あれは亡くなられる何カ月前でしょ

「文学の神様」と呼ばれた横光利一（1898〜1947年）。深田久弥は「非常識的逸話が多いが、人付き合いは実常識的で義理堅い」と評した

出典:国立国会図書館「近代日本人の肖像」（https://www.ndl.go.jp/portrait/）

うか、とにかく斜めにテーブルに向かってうつむいている写真がありました。「作家は人を正視するものじゃない」というような注釈が入っているんです。そういうポーズですね。

深田　あれはポーズじゃないんだ。横光さんが偉いと思われるのは、外からポーズと思われることが自然に出てくることですね。あれくらい妙なことを言える人はないですよ。ああいう妙なことを言える人はないということは、横光さんの偉さだといえますね。

小松　西君なんかどうですか、20代の人には横光さんは……。

西　僕はいま読むとしたら伝説的な存在としての横光さんが、一体今度は何を書いただろうかというだけの興味でしか読んでいませんね。

沢木　今言われた素朴な……。

深田　そうです、しかも野人で……。

沢木　そうして素朴でミスティーク（神秘的な雰囲気）で……。

横光のミスティークについて

深田　そのミスティークをあまり僕は軽蔑しないんですよ。インチキなミスティークならともかくだが、あれだけ読者を引きずっていったミスティークをもった人はないですよ。だから僕は自分ではああいうミスティークは認めないんだけれども、ああいうミスティークは横光さんでなければもてないものだろうし、しかもそのミスティークで文壇的にあれだけ頑張っておられたということは何か偉いところがあったんですね。

西　福田恆存氏（評論家）なんか、あああいうミスティークに入らない以前の横光氏のモラルは非常に俗人くさい、常識人くさいと言っているんですがね……。

沢木　あの短いような俳句の境地というか、そんな作品がありますね。

深田　「秘色」ですか「秘色」も分からないし「シルクハット」も分からないし、どうしても理解できなかったですね。

小松　「秋」「秋立ちて」とか自分のことを書いた、ああいうものはやはり割合に面白いですね。

沢木　「旅愁」なんか読んでいて楽

しく読めるけれどもなにかやはりそういう高等な通俗小説のような気がするんですね。

小松　ただ死ぬ前に澁川驍（しぶかわぎょう）(作家)という人が会ったら「田山花袋のような自然主義の作家のものが非常に面白い」といったそうですね。最後はやはりそういうところへ戻っていくような気配はあったんでしょうか。「微笑」なんという小説を読みますと、やはり分からないことを書いておりますけれども…。

加藤　「夜の靴」というのにまとまっている疎開日記は…。

深田　あれもやはり横光さんの人物の好さとか野人とかいうことは分かりますが、やはり時々ミスティークがでてきますよ。「この辺は道がまっすぐである。それがこの辺の人々におよぼす影響は…」とかいうところがありましたが、ああいう神秘的な独断になると、僕はかぶとを脱ぎますね。

加藤　お米で世のなかを判断するような人間が出てきたりしますね。

深田　ああいうものに非常に感心するんです。横光独特の感じ方をするんですね。

小松　例えば昭和10年ごろですか、9年ごろですか、横光氏が純粋小説論ということをいっていますね。通俗小説と純粋文学を一緒にしたものがこれからのものだというので、純粋小説と称したのでしょうけれども…。

深田　あれも意味のよく分からない論文でしたね。あの中でゲーテいわく「文学は偉大になればなるほど通俗に近づく」(笑声)。あれはもっともだと思いましたよ。あれはあのころの文壇の論争とか気分を反映している論文だからですが、あれだけ取り出して純粋文学は論ぜられないと思いますね。

小松　文芸復興と一緒にいいだされたんでしょう。

深田　やはり通俗文学と純文学と一緒にならなければならないといわれておった時ですね。

加藤　芥川と谷崎さんの論争があるんでしょう。

深田　筋のある文学か、筋のない文学かということで……。

加藤　あれはいつごろでしょうか。

深田　大分前でしょう。大正の末期でしょう。

純粋小説、観念小説の面白さ

西　横光さんの純粋小説に関連しますけれども、あれは先刻の話の観念小説ですね。あれの一つの強調というように考えられないでしょうか。

深田　観念小説が、純粋小説の一番のもとだと思いますね。ジード（※10）に「純粋小説論」というのがありますね。あれが純粋小説というものを一番よく説いています。

西　横光氏のいう純粋小説は、小説の観念的な面白さに関連してきているんじゃないでしょうか。イデー（観念）の文学といったものの面白さ…。

深田　小説の面白さというのは、その面白さをどういうふうに解釈するかということになるが…。

西　とにかく「紋章」までは小説として確かに面白いですがね…。

深田　そうでしょうね。

西　「旅愁」だって、面白いのは観念のいかにも横光さんらしい追求の仕方で…。

沢木　一つのテーマ小説として…そういう点でなにか教えられようとして読むんじゃないでしょうかね。それが今からみるとピントが外れているが、戦争中は東洋という面に比重をかけてみていたから、読んで何か新しい考え方でも得ようというような、文学から手っ取り早いものを引き出そうとして、そういう点が通俗化されて一般に受けたというような感じがしたんですけれど…。

西　ジードの純粋小説論とは大変違っていますね。ジードは小説から小説らしからざるものをすべて排除してしまえ、というんでしたね。

深田　本当の純粋小説は、そういうものだと思いますね。

小松　横光さんは自分の作品の実践論、作品を書く上の技法として純粋小説を考えたらしいので、僕の考えているようなジードのような意味と純粋小説は大分違っているんじゃないかと思うんですけれどね。

深田　あの論に関する限りは違って

※10　ジード　フランスの小説家、アンドレ・ジッドのこと。人間の自由とキリスト教の規範との衝突をテーマにした小説を発表し、日本の文壇にも影響を与えた。「純粋小説」という語は、長編『贋金つくり』の中に登場する。

いますね。

西　横光さんはよく読み違いする人のような気がするのですが。たとえばジードの「プロメテの鷲（わし）」ですね、あの鷲を横光さんは平気で自意識というように解釈している。

深田　そういうことはよくありますね。たとえばいつか「新しい文学はモンタージュがなければならぬ。それが一番巧いのは深田久弥だ」と書かれたことがありますが、なんのことか僕自身にも分からないんですよ。

小松　やはり小説の構成力じゃないでしょうか。

深田　そういうことでしょうか。どうでしょうか。

小松　僕が文学界時代に横光さんに引きずりまわされて僕流に構成力が巧いんだというふうに考えたんですが。

深田　それだけじゃないでしょうね。構成力ということなら僕より巧い作家が沢山いたんですからね。

面白さが求められるのは？

小松　その次に、「面白さ」という本題に入るんですけれども、ああいった横光さんの純文学と小説の面白さを一緒にしたのは……。やはり小説の面白さが一番大事だということは横光氏らしい別の言葉で強調したと思うんですが、そうなると…。

深田　小説の面白さを問題にするのは一つのジャーナリズムの流行ですね。小説の面白さということを、フランスでもどこでもそう大して論じないんじゃないでしょうかね。特別日本の文壇だけが面白くない小説を書いたり（笑声）褒めたりするもんだから…。

加藤　やはり日本の私小説というような伝統が問題になるわけでしょう。

深田　そういうものにたいする反抗的な言辞の一つじゃないでしょうか。

西　しかし、好い小説は面白いと言えるように思いますね。私小説でも上林さん（※11）の作品など一番よいといわれているのはやはり面白い。

深田　そうなると優れているということと面白さと一致しますからね。最近文壇で騒ぎだした面白さというのは、娯楽性ということが非常に濃厚にきていますね。そういう

※11 上林さん　私小説家である上林暁（あかつき）のこと。戦前、「改造社」の編集者をしていた深田久弥の先輩に当たる。妻の病気を題材にした『聖ヨハネ病院にて』などの代表作がある。

純文学も捕物帳もごちゃ混ぜに　深田

娯楽性は私小説にたいする反駁（はんばく）の言葉の一つでしょうね。

小松　そうするとまた妙な分け方になりますが純文学と通俗小説とどこで境とするか。

深田　だから僕はそういう区別を取ってしまえばいいと思うんですよ。純文学も、捕物帳のような大衆小説も、全部いっぺんごちゃ混ぜにして、非常にジャーナリスティックないい方ですが、純文学の雑誌に通俗小説の人にも書かせてその優劣といいますか、そういうものを読者に判定させればいいと思うんです。

加藤　大地社の「日本小説」それから「小説新潮」などはそういう方向に進んでいるんでしょう。

深田　いくらか純文学尊重ですね。

小松　僕らが考えても面白い小説と好い小説とは違うような気がするんですが…。

加藤　それはやっぱり作品そのものの質の問題がくるわけじゃないでしょうか。

小松　小説の面白さというと小説の原型、本質にまでぶつかっていくんじゃ…。

加藤　それを個々の作品に即してやっていったら？

深田　その方が一番具体化しますね。

太宰と〝斜陽〟

小松　じゃ、太宰（※12）の「斜陽」ですね。

深田　あれは非常に面白いですね。

加藤　僕も面白いと思いましたね。

西　僕、こう思うんですがね。丹羽文雄、太宰治氏らの作品ですが、読んでいて面白いと感ずる前に巧いと感じてしまう。それで巧さと面白さとどういうふうに重なるのかと時々考える。

深田　あまり巧さだけ浮き上がるのはよくないんじゃないでしょうか。

※12 太宰　太宰治のこと。1947（昭和22）年に発表した『斜陽』がベストセラーとなった。「文華」30号刊行直後の48年6月に玉川上水で自殺する。

加藤 それは、読む人の立場にもよるんじゃないかな。文学をやっている人とそうでない人とで。僕らはとかく楽屋をのぞいてみたがりますからね。

深田 面白いが、しかし巧さが先にくるということは、言えることはいえますね。

西 とにかく「斜陽」は面白かった。

沢木 彼の初期の作品よりは僕は面白いと思いますね。

加藤 ぼくは「斜陽」なんか一番面白いですけれどね。しかし初期の作品からみると随分変わってきていますよ。

深田 「斜陽」も第1回が面白いですね。あとになって酔っぱらいが出てくると、どうも太宰式の蒸し返しみたいで…。

加藤 なんとか、合い言葉をいっているでしょう。

西 ギロチン、ギロチン、シュル、シュル、シュルとかいうんでしょう。

小松 ああいうのは太宰の悪いところで、太宰の調子に乗るまで何かついてゆけないのですね。…太宰の文学というのは入ってしまえばいいんですが、非常に甘ったれた文章だと思うんです。1回目は、その調子に乗ってしまうとスラスラといくんですけれど…。

沢木 僕は乗ってしまうと不安でならないんですよ。すぐ乗るけれどもね。のってしまってクスクス笑いながら読んでいるんだが、なんだか覚めよう覚めようとして批評的な目を向けようとするんだけれども、それで「斜陽」なんか好い作品か悪い作品か考えて読んだんですけれども……。

加藤 あれどうですか「道化の華」とか「虚構の彷徨(ほうこう)」。ああいう時代の何か八方破れみたいな型、ああいうものと「斜陽」の砕けた調子とやはり違うでしょう。もっと初めの方には血みどろな、すさまじいものがあるんじゃないでしょうか、初期の作品に…。

沢木 初期の作品と今の作品と較(くら)べると、今の作品の方がやはり固まった、一つのものを考えているというか、そういうところが感ぜられるんだけれども…。

加藤　それは初期のものに較べて円熟したものとは考えられるんだけれどね…。
小松　小説の面白さというものを太宰が十何年も書いてきてようやくあそこまでいったんじゃなかろうかと思うんだけど…。
加藤　僕は「斜陽」は別だけれども、あれが出るまでの作品は何か太宰の筆法なり、身構えなり、そういうものが残っていて、それを裏付けしておった捨て身のような激しいものが後には脱けがらみたいになっているような感じがしていたんですがね。
小松　深田さん、どうでしょうか、(「斜陽」では)どの人間が一番よく描かれていますか。
深田　お母さんですね。その他は一種の観念的人物ですよ。
加藤　しかし、あんなお母さんなんか、ありやしないとだれかが書いていたでしょう(笑声)。
深田　しかし何にしろ、一つのお母さんを象徴していますよ。
小松　あれは人間を描くというよりも人間の問題を提出する作家じゃないでしょうか、一人の人間を描くというよりも…。
深田　自然主義的な手法によっては

この座談会の直後、玉川上水で自殺した太宰治(1909〜1948年)。深田久弥は「斜陽」について「下手な現実小説以上のものがある」とする
出典:国立国会図書館「近代日本人の肖像」(https://www.ndl.go.jp/portrait/)

描いていないけれども、現実にはああいうお母さんがないと言われても、なんと言われようと、ああいう一つの象徴的人物は感じられますね。下手な現実小説以上のものが確かにありますよ。酔っ払いの息子とか、訳の分かったようなわからないような娘とか、流連（りゅうれん）（遊びほうける）の小説家とかには感じないが、お母さんには一番感じがでていますね。

沢木　初めの作品には、そういうふうな意味があまり出ていないような気がするんだけれども…。

深田　初めはやはり加藤君のいったように、八方破れみたいなところがあってね。それから一番の太宰さんの魅力というのは文体ですね。文体は、作家そのものの根本と切り離せないということになれば問題が別ですが、彼は新しい一つの文体を創設しましたよ。何かちょん切れたような文体で、そうしてなかなか魅力のある文体ですね。

坂口安吾と石川淳

沢木　太宰に「新戯作派」という名前を与えたんですが、石川淳（※13）とか坂口安吾（※14）、そういうふうな人をどういうふうに。

深田　坂口安吾という人も非常に才能のある人ですね。文章を読んでも分かりますが、いわゆる文才というか、そういうものが僕は非常にあると思いますね。

加藤　しかし何か融通のきかない一面があるんじゃないでしょうか。だから今までずっと…随分出発以来古い人らしいですね。

深田　そう、僕が書いたころ書いていたんですよ。

小松　僕は先生と反対で造形性がないんじゃないかと思いますね。

深田　造形性はありませんね。しかし何かやけっぱちみたいな文章、ああいうのはちょっと書けないですね。

西　ぼくは、坂口安吾は話術師だと

坂口安吾は話術師では　西

※13 石川淳　1937（昭和12）年、『普賢』で芥川賞を受けた。戦後は太宰治や坂口安吾とともに「無頼派」とも呼ばれた。
※14 坂口安吾　「無頼派」の作家。昭和初期から台頭し、純文学にとどまらず、古代史や囲碁将棋の観戦記など幅広いジャンルで活躍した。

思いますね。…宇野浩二（※15）などとは全然違った型の…。

深田　そういう才能は非常にありますね。そういうところは太宰とにています。同じ話術の巧さといっても井上友一郎（※16）の話術はやはり古いですよ。

加藤　井上だって非常に巧いんだけれども。

小松　古いんじゃ宇野浩二なんかやっているんだから、なにか新しいものを出さなければ。石川淳はどういうふうにお考えですか。

深田　僕は大して読んでいないんですけど「法王庁の抜け穴」。あれの訳はなかなか巧いと感心しましたね。しかしあの人は精励刻苦派みたいで非常に苦吟派でね。天才的なところはないですよ。非常に秀才型ですね。筆の赴くに任せて書くということはない。タイプは違うかもしれませんけれどもいわゆる芥川龍之介ですね。

それをただ新しいモラルとか何とかを付け加えたので、あの文章を読んでみたって一句一語といえども、ピリオドの打ち方一つでもおろそかにしないですよ。そうして文章の面白さがあるかというとない。束縛された文章ですね。そういう意味で秀才ですよ。ぼくは坂口安吾よりずっと才能は足りないと思いますね。

小松　では三人の中、一番のびそうだと思われるのは？

深田　まあ、太宰はのびるということは問題だが、才能は一番あるですね。

モラルの追求と社会的地盤

沢木　いつもモラル（規範）というものと取り組んでいる作家じゃないかと思うんですがね、太宰は。

加藤　そうなんだね。

沢木　それが今までの古い太宰の小説だとくらげのような、骨がないような気がしたのが、このごろ骨ができたということをだれかがいっていたけれども戯曲なんか書いてから、骨なしが骨をだんだん作りつつあるという感じがするんですけれど、単に文体だけに頼らずに……文体だけの面白さだと文学青年がまたやったというので感

※15 宇野浩二　1919（大正8）年『蔵の中』でデビュー。大正から戦後にかけて活躍した。代表作に『枯木のある風景』など。
※16 井上友一郎　昭和10～20年代を中心に活躍し、戦後は風俗小説家となる。代表作に『ハイネの月』など。

心しますけど。それだけでは……。

小松　モラルの探求ということも、やはり文学青年的な人がそういうのであって、一般の人は読んでいかないんだ。

深田　それが多いですね。

加藤　それで思い出したんですが、赤光会(※17)という会があったでしょ。それで太宰の「冬の落葉」「春の枯草」ですか、僕がちょっと傍聴に行ったんですけれども非常に不潔だというんです。ああいうふうに、裏側からのぞいて崩していった書き方を、皆非常に嫌ったんですよ。

西　赤光会というのは文学青年の集まりじゃないのでしょう。

加藤　そう、あの人たちは健康な社会人とみて好いわけですね。そういう人たちから太宰の文学が全然否定されるんですね。そこに太宰の特質があるんでしょう。

深田　僕は非常に社会人的な常識的なところがあるんですよ。だから大人が太宰治の小説を感心しないことは分かるんです。しかしそういうことは分かりますが、それでやはりなおああいうものにひかれるところはありますね。

小松　私は太宰を考えたことがあって、彼に戯作者という名前を与えるならば、徳川時代の圧制者にプロテスト(抗議)する戯作というのでなくして、近代文学において戯作ということを考える以上、神というようなものを考えて、神にたいする人間の問題、神にプロテストする近代的人間のアイロニー(皮肉)から生まれた韜晦精神、それも一種のモラルの探求だと考えて、新戯作者という名前を自己流に解釈してみたんですが…。

深田　しかし日本でモラルというのは難しいですね。社会にそういう地盤がないですからね。だから社会的にああいうものが文学青年に見えるというのは、常識的なモラルがあっても本当のモラルは社会にないと思うんですよ。西洋にあるような烈しいモラル追求の精神がないんですね。だから社会の大人、重役とか学者とか技師とか政治家とかいう人はああいう小説に感心させられないんだと思う。と

※17 赤光会　詳細不明。文学愛好グループか。

いうのはあの人なんかには常識的なモラルはありますよ。約束は守らなければならないとか、親孝行はしなければならないというモラルはありますが、本当の意味のモラルは日本にはないんですよ。そういう意味でああいう小説は社会人には面白くないといわれようとどうだっていいと思いますよ。

小松　いわゆる習俗にたいする反逆というものを、それぞれ別の姿で持っていると思うんですよ。

西　「斜陽」なんかでも読んだ後、日常的な作者と作品の中の作者との距離といったものがなんとなく気になるというところがありますが。

深田　どうですかな。

西　そんな気になり方も日本の社会に真のモラルがないあるいはまだ成熟していないということに通ずるのでしょうか。たとえばジードなどは「背徳者」のようなものを書いていても読んだ後、日常のジードと背徳者のジードとの間に少しもずれを感じさせない。ずれなど気にならないのです。

深田　それはやはりずれはありますね。いまの作者には、非常にずさんないい方だけれどもね。というのはわれわれあまり社会的に人を見るせいかもしれませんけれどもね。

立派な百合子、面白い潤

沢木　宮本百合子（※18）なんか読んで非常に好い作品なんだけれども、あれだけ苦労している作家の経験を平凡なわれわれが自分に引き当てて、作家としてああいうものを書かなければならないというと、とてもそういう真似はできない。それから一般読者がいきなり宮本百合子のような文学作品を読んで救われようとする気持ちは危険ですね。

深田　一種の教訓作家ですね。島木健作（※19）氏でもそうですが。

加藤　ぼくもそう思いますね。非常に立派だということは十分認めます。

深田　前からいえば有島武郎氏。山本有三氏。日本は一般にそういうのが受けるんですね。

加藤　ぼく個人の考えとしては宮本百合子の「二つの庭」は立派ですね。そういうことは非常に感嘆するんですが。しかし僕たち自身に

※18 宮本百合子　共産党議長を務めた宮本顕治の妻でプロレタリア文学の旗手。戦後は共産党による文芸運動の指導的立場にあった。

※19 島木健作　左翼運動に関わって収監され、転向を宣言した作家。終戦直後に死去した。

とって、あの作品がどんな親近感を持っているかということになると、なにか他所ゆきな気持ちになる。僕たちとどんな縁があるんだろうと、極端にいえば、こういう考え方もできるほどに何か足りないんじゃないんでしょうか。

小松 僕なんかには床の間に奉っておかれているような作品ですね。

加藤 濁った内面性がちっとも描かれていないんですね。だから非常に割り切った形で出る…。

西 読者の側からいっても、小説に生き方の指針を求めるという態度が日本にはまだまだ強いのでないでしょうかね。

深田 まだ非常にありますね。あるし、やはり何かこういう一種の真面目さですね。

小松 あの小説一体面白くて読むのかしら。

加藤 手法にしても古い手法じゃないかと思うんですが

小松 説明が多い描写だな、あの文体も古いね。

西 新田潤(※20)の「妻の行方」あれは非常に面白かったですね。先生は…。

深田 非常に面白いですね。去年の傑作をあげろといったらあれをあげますね。「斜陽」と。

加藤 とにかく、はじめから引きずって読ませる。

深田 読ませますね。

加藤 読んだ後は古臭いものを感じさせるんですけれども。そして何も残らないんです。

小松 やはり話術の巧さじゃないでしょうか。

深田 そうかも知れませんね。同氏の短篇を読んでちっとも面白くないんだけれども。やはり一種の話術かな。

加藤 新田さん、他の短篇も多く発表してますが、ちっとも面白くない。「妻の行方」だけが面白かったですね。

西 素材として面白いかということと面白く書くかということはちょっと区別して考えてもいいのではないですか

深田 事件としては宮本百合子が監獄へ行った夫を待っているとか、上林暁の細君(妻)が8年も病院に入っていたとかいうことは、確かに感動的ですね。

小松 スリラー映画のようなスリリ

※20 新田潤　1936(昭和11)年に「人民文庫」の創刊に関わった。戦後は風俗小説を発表した。

ングな面白さがあるんじゃないでしょうか、妻と友人の間を追求してゆく手法に。

深田　スリラーはひどいが、とにかくぼくなんかうまいと感じたね。

小松　「妻の行方」も面白いしあれもこれも面白いということは、小説の面白さというのは実に難解なんですね。廣津和郎(※21)でしたか、面白いというのは最後の言葉だ。絶対絶命な言葉だといっていますけれども、とにかく「妻の行方」なんか解剖したり問題を引きずり出したりとなれば非常に難しい作品で、そういう理論で割り切ってしまわないところにあの小説の面白さがあるんで。

深田　あの人は話術だけで面白いというのもあまり極端だから、話術がどうして生まれてきたかということになるでしょうね。すると材料の問題になってくる。ああいう問いに対して一番素直に接したということでしょうね。

小松　新田さんは私小説の畑の人ですか。

深田　ほとんど書いているものは私小説ですね。いくらか作意をろうしているところはありましょうがね。

小松　「文明」に自分の子供時代のことを…。

深田　あんなものは非常につまらぬものですよ。

加藤　「詩人」というのを何かに書いていますね。

深田　短篇は大たいつまらんですね「妻の行方」に較べては。

アプレ・ゲエルについて

小松　アプレ・ゲエル(※22)をやろう。真っ先に苦渋派の驍将、椎名麟三(※23)について。

西　バルザックのスタンダールにあてた手紙、あの中にバルザックは「イメージの文学」と「イデーの文学」とを区別している。それに従えば椎名の作品などはイデーの文学に属すると思う。椎名麟三の面白さはまた話術の面白さで、観念をいかに語るかという面白さだと思いますが。

深田　各作家について二三編しか読んでいないのでいろいろなことは言えないけれども、観念小説はこ

※21　廣津和郎　評論から小説に転じ、戦中から戦後に渡って活躍。代表作に『神経病時代』など。
※22　アプレ・ゲエル　フランス語で「戦後派」のこと。終戦を区切りとした芸術・文学の新傾向を示す言葉として使われた。

れからもっと出なければいけないと思いますね。アプレ・ゲエルの新作家にそういう萌芽(ほうが)があるとすれば、それは大いに歓迎すべきですね。僕は実在性とか人間を克明に描くということは、一つの異論かもしれないけれども、もうそんなことに苦労する必要はないとさえいいたいですね。もっと日本に観念的な小説が出てこないといけないという気があるんですよ。

沢木　観念性という点で言えば、椎名麟三より野間宏(※24)の方が観念的だと思いますが。

西　つまり戦後文学は非常に観念的だと言える。

深田　戦後文学の特徴を一番よく言い表した言葉ですよ。これからのインテリゲンチア(知識階級)は観念でなければ面白くないと思いますよ。徳田秋声のような小説にこれからの人がついていくかどうか。「文華」の加藤さんの秋声論も見ましたが……。

加藤　それは僕も感じますね。

西　先生のおきらいになる苦渋の文学。あれは苦渋が誇張された観念として表されているという点に御不満なんですか。

深田　非常に誇張された苦渋が目立つんですよ。観念というものは別に誇張する必要はちっともないと思うんですがね。

加藤　僕はこのごろいろいろな雑誌を見ていると椎名麟三ばかりのものが非常に目に映るんですが、一種の椎名的季節ですね。

深田　椎名麟三は二、三読んだが…老人がよく出てくるのは椎名麟三でしたね。波乱万丈の生涯を経た老人が感慨深そうに階段をコトンコトンと下って行く、といったふうな。僕は老人というものにあんな妙に深刻に意味づけるのは、好きじゃないね。

小松　先生の求めている社会小説は明るい観念小説なんですね(笑声)。

深田　暗くてもいいですけれどもね。誇張しすぎるのがきらいなんです。それから梅崎春生(※25)の売笑婦とどっかで寝るという話…。

加藤　あれは「朽木」ですね。

深田　省線(現在のJR山手線)の線路の近くの野原で女と寝るという

※23 椎名麟三　左翼運動から獄中でニーチェを読み、キリスト教に転じた。代表作に『深夜の酒宴』(1947年)、『永遠なる序章』(48年)など。戦後派の代表的な作家として存在感を放った。
※24 野間宏　戦後派の代表的な作家の一人。代表作に『暗い絵』(1946年)など。
※25 梅崎春生　戦後派の作家の一人。1954(昭和29)年、「ボロ家の春秋」で直木賞。

明るい観念小説があってもよい　小松

ところ。このごろの小説には上海帰りのダンサーがよく出てきますね。上海帰りのダンサーが日本に数でどのくらいいるか、ほんの一部でしょう。そういうものをいかにも時代の空気みたいに書くことはすでに誇張だと思うんです。そういうものは決して日本の風俗を作っていないですからね。日本の風潮もそんなものは代表していないと思うんです。ほんの局部をとらえてきて何か意味ありげに一般の風潮のように書くんですね。そういうことに非常な誇張、深刻癖みたいなものを感ずるんです。

加藤　日本の現在の社会というのは案外に明るいんじゃないでしょうか。

深田　日本はそう深刻になっていないですよ。戦争を潜ってきたと言いますが、青年が戦争を潜ってきた苦渋なんというのは、僕は不遜かも知れないけれども、いろいろな人に会って聞くんですが、感じないですね。

苦渋派の誇張

小松　観念小説という言葉で言い表されると暗い感じを持たされるんですが、明るい観念小説があってもよいと思うんですけれどもね。

深田　ジードの「法王庁の抜け穴」だって観念小説だけれども明るいじゃないですか。まあ他人の悪口ですが、船山馨という人などは苦渋小説の大将みたいに感ずるんですが。

加藤　僕はそう思わないんですがね。あの作家の本質は明るいんですよ。

深田　非常に苦渋している人かと思うと「白鳥は悲しからずや」という少女小説を書いたり……ドストエフスキーは「白鳥は悲しからずや」というような小説は決して書かないですよ。どうも苦渋が身振りのような気がして…。

加藤　おれもこういうものも書ける

というような身振りなんですよ「仮橋のほとり」などというのは本当に暗い。ところがその次に書くものは全然異質なんですね。

西　だれかの批評にアプレ・ゲエルの人達の作品は日本の風土でないような気がするというんですよ。そういえば「日の果て」（※26）なんか特にそういう気がする。比島戦線に起こったというよりも、ヨーロッパか東部戦線あたりで起こった事件のように見えるのですね。そういう意味で椎名麟三の作品なんかも日本の東京の郊外で起こっている事件という感じでないんですね。

深田　まあ起こらなくても、起こらないことを書いて悪いというのではないけれども、確かにこういうことはありそうだということを書かないとだめですよ。漱石の小説も、現実にはないけれども日本の現実にありそうだということを書いていますよ。苦渋派はそういうことはありそうだということも書いてないと思うんです。なにか他の国のことみたいな……。梅崎春生の曲馬団のことを書いた小説、あれなんかでも……。

加藤　「贋の季節」ですか。

深田　あり得るだろうということを書いてもらわなければ。

加藤　そういう現象がジャーナリズムに迎えられて、ちょう児になってるんじゃないかと思うんですがね。

深田　ジャーナリズムは軽薄極まるものでしてね。

沢木　梅崎では「桜島」が一番よいじゃないかと思うんです。素直さというか、あとは技巧で書いているような気がする。

西　「桜島」にしても吉良という兵曹長が出てきますがああいう複雑なタイプの人間は軍隊などで出会わなかったんですがね。

加藤　僕も軍隊ではああいう人に出会わなかったけれども、ああいうことをいう裏で実は非常になんというか、堂々というとおかしいが現実的にどんな取引でもできる才人なんですね。

深田　「桜島」というのは読まないですけれどもね、日本の兵隊には苦渋小説に出てくるようなのはいないですね。加藤君の書いたもの

※26「日の果て」　梅崎春生が1947（昭和22）年に発表した小説。戦時中のフィリピンでの日本軍の戦いがテーマ。軍医射殺を命じられた陸軍士官の葛藤を描く。

にすぐ忘れる変な男がでてきますが、あんなのはいますね。

沢木　日本人というのは割合に世渡りがうまいですね。

加藤　そういうことは文学のみならず社会一般に通ずることと思いますが、ものの考え方を一枚裏返してみて、美しいことでもその中から別のものを発見してそれによって美しさをも否定していくということは日本人の共通のものだと思うんですよ。そうしないと安心ならないのです。

深田　なにか深刻なところをみせる――みせるという訳でもないでしょうけれども、深刻なことを得意とするところがあるんでしょうね。

小松　梅崎の「桜島」なんかをそのまま押し進めていくと従来の私小説に戻ってしまうおそれがある。

加藤　それはありますね。しかし、問題はあれを押し進める、これを止めるという簡単なことかどうか、もっとどうにもならないものがあるんじゃないでしょうか。

深田　しかし、また僕は若い人にいうんですが、若い時は深刻癖でも何でもいいから、うんと特長のあるものを書いた方がよいですよ。どうしたって年とともにだんだん常識的になってしまうんですから。あまり若い作家が今から素直になるといけないですよ。

これは政策みたいで本質的文学論じゃありませんですけれどもね。なにか自分の一方の才能を誇張していくといいますか、うんと伸ばしていくことですね。伸びる時はいろいろな悪口をいわれますが、それに構わず少し不自然でも誇張でも、特長を伸ばしていくことが修業としては大事なんじゃないかということを考えるですね。若い時からただ素直、素直といって角を消していくとだんだん才能の半径が短くなって完成しても半径の短い小さい円しか描けないんです。いっぺんぐっと半径を伸ばしておくと、半径が長いから大きな円が描けますからね。これは一種なんというか、作家虎の巻だから本質の文学論じゃないが。

小松　実際論として受けとれますね。ではこれくらいで…。

谷口吉郎・吉生記念
金沢建築館

開館5周年記念特別展

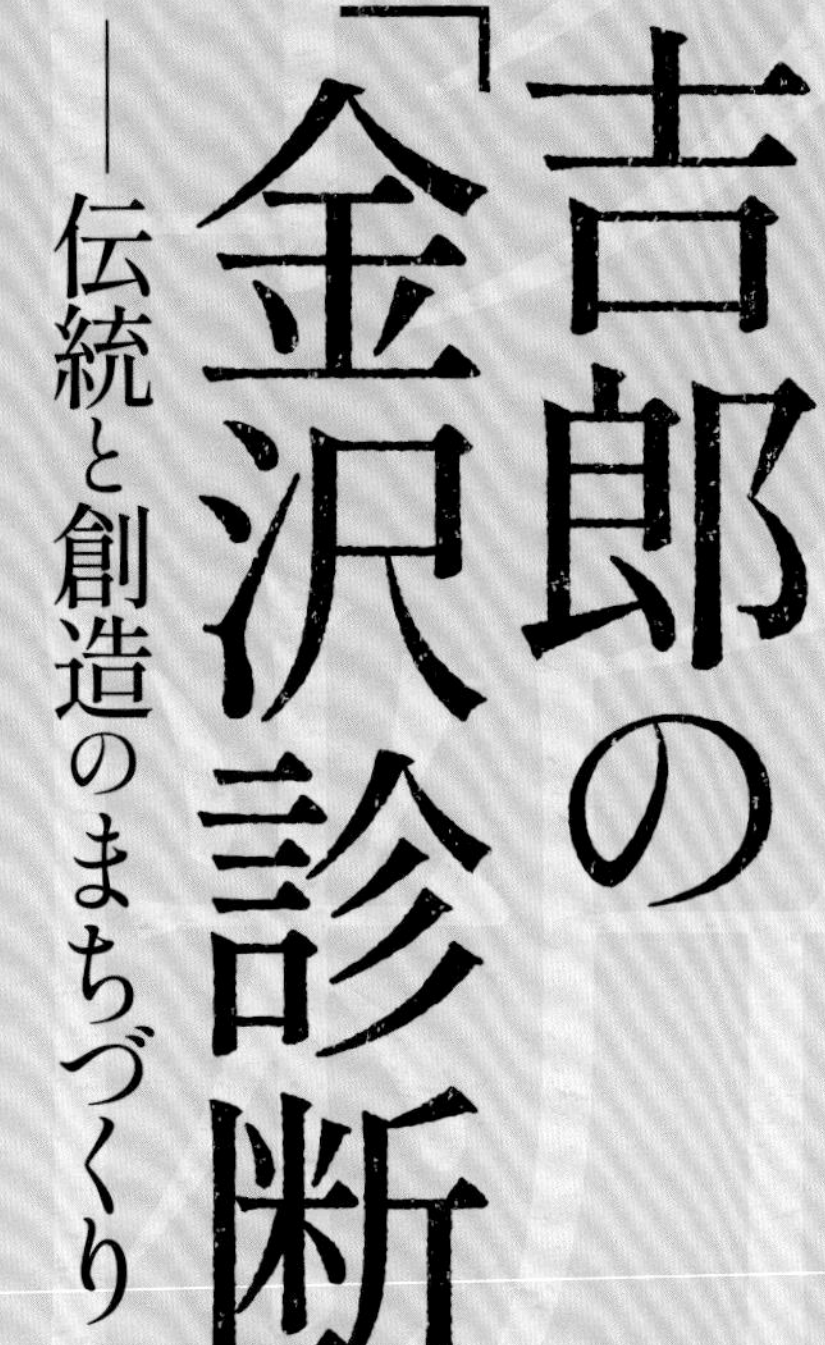

谷口吉郎の「金沢診断」

―伝統と創造のまちづくり―

近代化の時代、
金沢のまちに方向性を示した「金沢診断」とは――

2024.6.23 Sun → 12.1 Sun

会　場　谷口吉郎・吉生記念 金沢建築館
開館時間　9時30分～17時（入館は16時30分まで）
休 館 日　毎週月曜日（月曜日が祝日の場合はその直後の平日）
※10月28日臨時開館、翌29日臨時休館
観 覧 料　一般800円（700円）、大学生・65歳以上600円、高校生以下無料
※（　）は20名以上の団体料金
※本料金で常設展示もご覧いただけます。

主催　谷口吉郎・吉生記念 金沢建築館（公益財団法人金沢文化振興財団）
監修　西村幸夫（國學院大學教授）
協力　谷口建築設計研究所／金沢美術工芸大学／金沢工業大学
後援　北國新聞社

お問い合わせ／谷口吉郎・吉生記念 金沢建築館
〒921-8033 石川県金沢市寺町5-1-18　Tel：076-247-3031
E-mail：kenchikukan@kanazawa-museum.jp
URL：https://www.kanazawa-museum.jp/architecture/

「金沢診断」に集まった谷口吉郎ほか有識者と金沢のブレーン達／画像提供：金沢市

加賀の千代女没後250年祭開催事業・白山市制施行20周年記念

「第108回 千代女全国俳句大会」

「朝顔やつるべとられてもらひ水」などの句で知られる江戸時代の女流俳人「加賀の千代女」が生まれ育った地で、俳人協会評議員の井上弘美（いのうえひろみ）さんを特別講師に招き、俳句大会を開催します。

【兼題】作品募集

- ●テーマ　雑詠
- ●応募方法　指定の投句用紙（市ホームページからダウンロードも可）に3句1組を記入し、投句料を添えてお送りください。（複数組の応募も可）
  ※日本語で本人が創作した未発表のものに限ります。入賞作品の著作権および全ての権利は市に帰属します。
- ●投句料　3句1組1,000円（定額小為替または現金書留）
- ●応募締切　7月31日（水）必着
- ●選者　小川軽舟（おがわけいしゅう）（「鷹（たか）」主宰）　片山由美子（かたやまゆみこ）（「香雨（こうう）」主宰）　宮坂静生（みやさかしずお）（「岳（たけ）」主宰）　櫂未知子（かいみちこ）（「群青（ぐんじょう）」共同代表）　星野椿（ほしのつばき）（「玉藻（たまも）」名誉主宰）
  （50音順、敬称略）

【本大会】（席題・記念講演会・表彰式）参加者募集

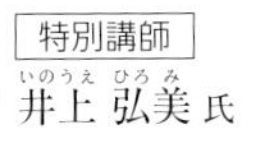
特別講師
井上弘美（いのうえひろみ）氏

- ●対象　18歳以上の人
- ●とき　10月5日（土）午前8時30分～
- ●ところ　千代女の里俳句館、松任学習センタープララ ほか
- ●特別講師　井上弘美（いのうえひろみ）（「汀（みぎわ）」主宰、俳人協会評議員）
- ●選者　井上弘美（いのうえひろみ）　中川雅雪（なかがわがせつ）（県俳文学協会会長）　西田梅女（にしだうめじょ）（「あらうみ」代表）　高橋佳子（たかはしよしこ）（県俳文学協会参与、「馬酔木（あしび）」同人）　中西石松（なかにしせきしょう）（「雪垣（ゆきがき）」主宰）
  （敬称略）
- ●定員　200人（申込順）
- ●参加費　1,000円（昼食代は別途必要）
- ●申込締切　7月31日（水）

※兼題の投句者、本大会の参加者全員に入選句集を贈呈します。

■応募・問い合わせ

千代女の里俳句館

〒924-0885　石川県白山市殿町310番地

TEL：076-276-0819

FAX：076-276-8190

公式HP：https://www.hakusan-museum.jp/chiyojohaiku/

アクセス　IRいしかわ鉄道松任駅下車　南口より徒歩1分
北陸鉄道バス「松任」バス停下車　徒歩1分
北陸自動車道白山ICより約10分
（松任駅南立体駐車場3時間無料）

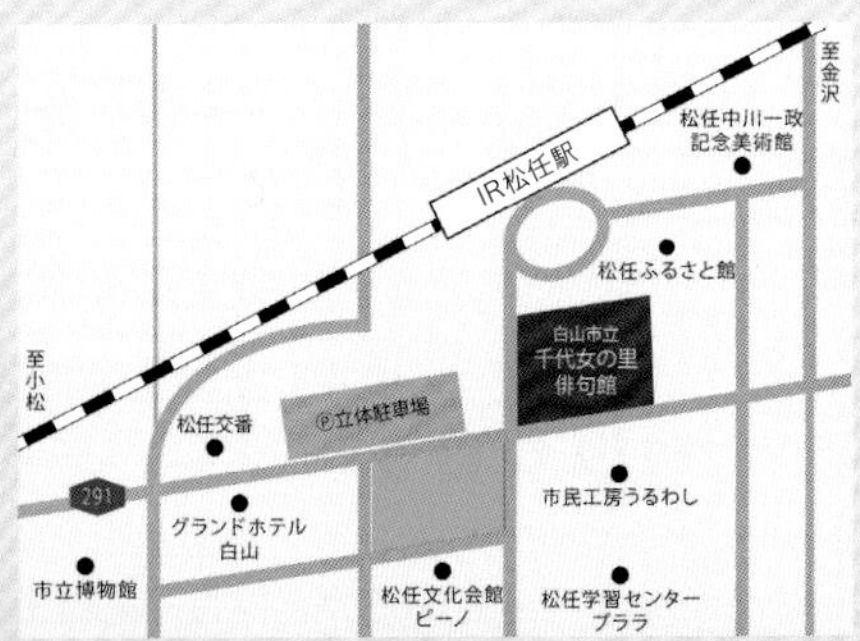

千代女

連載

小説千代女⑲

第2部

子母澤（しもざわ） 類（るい）

挿絵　児島新太郎

「小説千代女」主な登場人物

千代（ちよ）

1703（元禄16）～75（安永4）

松任の表具屋の娘として生まれ、家業を継ぎ、52歳で剃髪（ていはつ）。73歳で亡くなるまで、幼いころから才を見せた俳諧の道に精進した。17歳のときに会った芭蕉の高弟各務支考（かがみしこう）が「松任の美しい才女」として紹介したことから、各地の俳人が訪ねてくる人気者となる。

前田直躬（まえだなおみ）

1714（正徳4）～74（安永3）

前田土佐守家の5代目当主。通称は主税（ちから）。冷泉家に和歌を師事したことから津幡の俳人河合見風と懇意になり、その縁で50歳の誕生祝いに、11歳年上の千代女からも句を贈られる。書や茶道もたしなみ、客をもてなすための羊羹（ようかん）のレシピまで残した教養人。加賀八家の一員として藩政に携わる、いわば名門の高級官僚。

大槻伝蔵（おおつきでんぞう）

1703（元禄16）～48（寛延元）

千代女と同じ年に生まれ、才覚を頼りに異例の出世を遂げたエリート経済官僚。13歳で御居間坊主として加賀藩6代藩主前田吉徳に仕え、大胆な財政改革を提案して27年間に20回昇進、上級武士となる。前田土佐守家5代当主前田直躬（なおみ）ら門閥重臣と対立し、五箇山へ流され46歳で自害。政敵との対立は「加賀騒動」として語り継がれ、歌舞伎や浄瑠璃の題材となる。

前回のあらすじ

千代は金沢・犀川べりの宿に加賀藩の出世頭として名高い大槻伝蔵を呼び出した。「できるなら、あなたの子供を産みたかった」。珈涼（かりょう）の女児誕生に思いがあふれた。「ただの慰みにしただけでしたのね」とすがる千代。藩主側室のお貞との仲を勘繰って、伝蔵を怒らせてしまう。坂尻屋を訪ねた千代は珈涼に「あの人、女を自分の道具としてしか思っていないのかしら。江戸のお屋敷でも、側室のお貞さまと…」とこぼす。

●「小説千代女」は江戸時代に実在した人物から発想した小説です。主な参考図書は大河寥々氏『千代尼傳』、中本恕堂氏『加賀の千代全集』『加賀の千代真蹟集』『加賀の千代研究』のほか次の各氏・団体の著書、出版物です。桂井未翁、藏角利幸、殿田良作、中島道子、中野塔雨、山根公、綿抜豊昭、あらうみ、聖興寺、白山市立千代女の里俳句館、山中温泉芭蕉の館、雪垣、本多柳芳、木越隆三、千代女研究会

加賀の千代女　椿餅

「これは南蛮のものか。はて、どういうものか見当がつかぬな」

文机に開いた本に目をあてたまま、ゴクリと唾を飲み下した時、廊下に足音がした。

「椿餅が仕上がりましたので、お持ちいたしました」

「おう、できたか」

前田土佐守直躬は、見入っていた本を閉じると、裏返して隅へ押しやった。黄表紙本※などの類いではないので隠すほどのこともないのだが、女中の手前、当主としての威厳を保たねばならない。

ふすまを開けて、奥女中の藤尾が、漆塗りの菓子盆と茶を運んできた。盆にはつやつやした椿の葉の上に、四角に切った餅がのっている。

「いい出来ではないか」

「前回はくるみの量の加減が分からず、今ひとつとおっしゃいましたので、

※大人向けの娯楽読み物。

工夫をこらしました。今度のはいかがでしょう」

直躬は一つをつまんだ。鼻先に持っていき、匂いを嗅いだ。

「ふむ、くるみの香が利いているようだな」

直躬は餅から葉をはがして、右に左に向け、しげしげと見つめた。

「椿の葉が小さいようだが、餅をもう少し小さめに切ると体裁がよくなる」

「さようでございますか」

「柔らかさは、いいあんばいに仕上がっておる」

「ありがとう存じます。台所の者に、そう申し伝えます」

かしこまって下がった藤尾と入れ替わるようにして、近習（きんじゅう）の矢田広貫（ひろつら）が書斎に顔を出した。

「殿、仰せのものを調達して参りました」

「いいところに来た。ちょうど餅菓子を作らせたところだ。そちも賞味してみるがよい」

「は、それでは失礼つかまつります」

広貫は、直躬より四つ年下の二十二歳。元服した十四歳の時から、直躬の近習となっている。

矢田家は代々、前田土佐守家の家老として仕えている。父親の矢田六郎兵衛も家老だったが、身体を悪くして三年前に隠居した。その後、広貫が六代目として家督を継いでいる。

広貫は、丸い目で餅をにらんでいる。

「いかがした」

「ひとつ伺いますが、甘いのでございましょうね」

直躬はじろりと広貫を見た。

「そちは飲み助のようだから、菓子など食わぬと申すか。ならよせ、食わぬがよい」

「とんでもない、餅は大好物。頂きまする」

広貫は取りなし顔に笑みを浮かべて、餅をつまみ上げた。

「ははあ、見たことのない餅菓子でございますな。白い肌にくるみの粒がうっすらと浮き上がり、まるで初雪の朝の庭のような。椿の緑の葉に映えて、上品なことこの上ない」

直躬は広貫を横目に、むっつりと押し黙った。何のことはない、笑いをこらえていたのだ。

このように調子のいいところがある男だが、気難しい当主を前にしても、変に恐縮したり、卑屈になったりしなかった。

矢田の屋敷は、直躬が生まれ育った広岡村（現在の金沢市広岡）の下屋敷の隣にある。そのため、広貫を幼い頃からよく知っていた。

広貫は子供の頃から朗らかで、丸い目はいつも笑っているように少し垂れている。まだ童顔が残っていて、憎めない男なのである。

幼なじみということもあり、気心も知れているという心やすさも加わって、直躬はこの男を気に入っていた。

「絵心があるだけに、観察が細かいな」

「なかなかの美味でござりますよ。これは女子供にも受けますな」

「ならば、菓子の絵を描いてくれぬか」

武士は教養のひとつとして絵を習っている。幼少期は共に机を並べて、狩野派の絵師から学んでいたこともあった。

広貫は四如軒（しじょけん）という雅号を持っている。

直躬の方はさして腕は上がらなかったが、広貫は才能があった。広貫の筆は、対象をいきいきと見事にとらえるのだった。

凡庸な者がどれほど修練を重ねても、持って生まれた才のある者にはかなわないと、広貫を見て悟ったものである。

直躬は、さきほど文机に伏せた本を手に取って見せた。

「おや、江戸で評判の、古今名物御菓子の秘伝書でございますね」

享保(きょうほう)三年（1718年）に刊行された、菓子専門の料理書である。百を超える数の菓子の製法が記されている。

和菓子だけではなかった。金平糖(こんぺいとう)やカルメラなど、南蛮から伝わった菓子の作り方もあって、読んでいるだけで唾液が湧いてくる。

江戸から取り寄せて、あれこれ試して作らせては吟味するのが、直躬の楽しみになっていた。

「椿餅もこれを参考に作らせたのだが、字づらだけでは、いささかわかりにくい。四如軒の絵を添えれば、一目瞭然になろう」

広貫は筆を取り、造作もなくさらさらと描いた。

「これが本当の、絵に描いた餅ですな」

広貫の軽口を聞き流して、直躬は本に目をこらしている。

「次は蕎麦(そば)まんじゅうを作ろうと思うてな」

広貫は餅をぐっと飲み込んでから、あわてて持参した包みを差し出した。

「うっかりしておりました。ご所望の蕎麦粉でございます。今ほど坂尻屋に参りまして、分けてもらったのです」

「坂尻屋か。おかみは息災であったか」

「はい。おかみさんは、子を産んだのですよ。丸い顔がますますふっくらしておりました」

「ふむ」

それから思い出したように言った。

「せっかく坂尻屋に来たので、それがし蕎麦をたぐっておりましたら、加賀の千代女どのが店にいらっしゃいました」

「なに」

直躬はむくりと本から顔を上げた。

「加賀の千代女が、坂尻屋に来ているのだな。句会であろうか」

「どうやら、そうではないようでした」

「なぜそう思う」

「千代さんは、沈んだ顔でうつむいておられました」

直躬は膝の上の本を閉じると、あらためて広貫に身体を向けた。

「それで」

「そこに赤ん坊を抱いたおかみさんがお戻りになりました。乳の出が悪いようでして。そりゃそうですな。大年増になっての出産ですから」

広貫の言葉を、直躬はさえぎった。

「すると、何だ。おかみの乳が出ないために、千代さんが沈んでいると言いたいのか」

「いえ」

直躬の口調がとがってきたので、広貫は居心地悪そうに肩をすくめた。

「千代さんは泣いているようでした。おかみさんがなぐさめておられたので」

「泣いていた、と?」

直躬は低い声でいった。

「ええ、確かに。ひっそりとでございますが」

「何か、話し声は聞こえたか」

「そうはっきりとは。耳にしたのは、何やらとりとめのない話でございました」

「どんな話だ」

「出世した人がどうとか、女を道具と思っている、などと言っておられたので、さだめし悪い男にだまされたのだろうと。あの聡明な千代さんが、と意外でしたので、つい聞き耳を立ててしまったのです」

直躬の目が鋭くなった。

出世をして、女を道具として扱うような人物で、しかも千代に関わりがある男といえば、ひとりしかいない。

あの男だ。

やつは、どこの馬の骨ともわからぬ御居間坊主の出自でありながら、あろうことか藩主を籠絡し、ふところ深く入り込んで取り入っている。

どんな手を使ったのか、大槻伝蔵に対する藩主の寵愛は、ただならないものが感じられた。

譜代の重臣である八家を差し置いて、常に藩主のおそばに仕えて、藩政の要職についている。

許せないのは、前田利家とまつの血脈を引くこの前田土佐守直躬が、藩政から遠ざけられていることだった。

それが伝蔵の思惑なのかもしれなかった。

藩主の信頼をいいことに、執政の座に乗り込んで、自在に操っているかのようである。

享保の末に米価が大暴落した。藩の財政はいっそう困窮し、厳しい倹約令を出しているにもかかわらず、大槻ばかりが毎年、御加増がある。

この春にまた加増されて、一七八〇石という途方もない禄高にはね上がった。御馬廻組頭並（おうままわりぐみがしらなみ）という高い身分をも得た。

その上、何度目かの妻になる女性を迎えたと聞いている。

そういう男が、いまだに千代の心をもてあそんでいるのだと思うと、憤怒がふつふつとこみ上げてきた。

「悪い男とは、どんなやつであろうな。他に、何か聞いてはおらぬか」

すると広貫はしばらく目線をさまよわせてから、思い出したようにいった。

「そういえば、江戸のお屋敷の側室がどうとか」

直躬の眉がひくりと動いた。

側室というなら、藩主吉徳公のごく身辺のことである。江戸のお屋敷にいる御寵愛の方を指しているのだろうか。

すぐにはピンとこなかったが、そこに大槻伝蔵に関する重大な秘事がひそんでいそうなことだけはわかった。

藩主には、お腹(はら)さまの他、お気に召す女性が何人もいると聞いている。

江戸藩邸のことはよくわからないが、金沢城の藩主の家族が住まう金谷(かなや)御殿の方々なら知っていた。

吉徳公の御長男、勝丸さまの生母の以与(いよ)さまと、嘉三郎さまの生母、お縫(ぬい)さまが住まわれている。

ただ、以与さまは昨年の九月に、勝丸さまと共に江戸へ移り、駒込の中屋敷に入られた。

現在の金谷御殿には、お縫さまがおいでになる。

江戸生まれのお縫さまは、藩主がお国帰りの際に連れ帰り、金沢で五男の嘉三郎さまを生んだ。

その御子は、今年で六歳になった。

はて、千代が口にした側室とは、この二人のどちらかを指しているのだろうか。

以与さまも、お縫さまも江戸藩邸から、藩主に付き添って、見知らぬ金沢の

地に来た。

気候やしきたり、言葉も江戸とは全く違っている。戸惑うことばかりで、何かと不安がる二人のお腹さまを、あれこれと気遣ったのが直躬だった。

「して、その名を言うたか」

「いえ、そこまでは聞こえませんでした」

直躬は黙り込んだ。

それを潮時に、広貫が一礼して腰を上げた。

直躬はひとりになると、机に肘をついて思案にふけった。

伝蔵は、金谷御殿に住むお腹さまや、殿の御子たちとも懇意にしているようだった。

そういえば、お縫さまの産んだ御子、嘉三郎さまが、たびたび大槻の屋敷へ遊びにいくと聞いている。

何しろ仙石町（せんごくまち）の屋敷は、金谷御殿からほど近い場所にある。金谷門を出れば、伝蔵の屋敷はすぐ目の前にあった。

吉徳公が時々立ち寄るために、門構えは大槻の御成御門（おなりごもん）と俗称されるほどに重厚な造りになっている。

屋敷は広大で、庭の泉水に船を浮かべているという噂だが、そんな遊びで御子たちを引きよせているのだろう。

小細工で歓心を買い、殿の御子や側室の心までも取り込んでいることが、直躬には腹立たしかった。

あの新参者は、家の格というものを軽んじている。

藩祖、前田利家の正統な血統を引き継ぐ前田土佐守家の誇りを傷つけられているようで、いっそう伝蔵が憎かった。

そこまで考えたとき、ふとある思いがわき上がってきた。

千代の言う側室とは、まさか、お縫さまのことではあるまいな。

もしあの男が、藩主のお腹さまとただならぬ仲になっているとしたら、これは世をひっくり返すほどの面白いことになる。

大槻伝蔵の色白で端正な顔立ちと、流し目に妙な色気を漂わせるいかにも軽薄そうな顔を思い浮かべると、直躬は胸くそが悪くなった。

直躬は手を叩いて小者を呼んだ。

「すまぬが、すぐに、坂尻屋のおかみに言付けを頼む」

「は」

「餅菓子を作ったので、今度の茶会の菓子としてふさわしいか、急だがぜひ珈涼（かりょう）さんの感想をうかがいたい。もし千代さんがまだおられるのなら、ぜひともご一緒にと、そう伝えてくれ」

千代はまだ日の明るいうちに、松任の自宅へ帰るつもりでいた。

思ったよりも早くに伝蔵と逢（あ）ったことで、金沢城下へ来た目的は果たしたといえる。それより他に、何も用事がなかった。

この日は幸いに晴れていたが、昨日のように照り輝く日射しはなかった。重くよどんだ雲間から、ときおり光が落ちてくるだけの、春特有のはっきりしない空模様だった。

春の訪れは、日を追うごとに色濃くなっている。とはいえ、夕方から風が冷たくなるので、早々に珈涼にいとまを告げようと思った。

坂尻屋の屋敷の片隅で、千代はぼんやりと障子を開けて庭を眺めた。

苔（こけ）むしたつくばいのかたわらに、白い侘助椿（わびすけつばき）のつぼみが開きかけている。

清楚な花がほころぶ風情は、若い娘が微笑（ほほえ）んでいるようなまぶしさだった。

そんな美しさは、千代がもう失ったものだと思った。

伝蔵と逢うことができたなら、胸にわだかまる思いが溶けて無くなると信じていた。

なぜなら、これまでの逢瀬(おうせ)で、いつもあの人は千代に熱くなまめいた幸福感を与えてくれたからだ。

それを心の拠りどころとして生きてきた。だから、世間が何といおうが、俳人としての矜持(きょうじ)を胸に歩いてこられたと思っていた。

ところが久しぶりに逢ったことで、暗い気持ちがいっそう千代の中にどんよりと居座ってしまったようだった。

過去にふたりで過ごしたような、しめやかな夜はもう来ない。男と女の間の心のつながりは、肉体のつながりがあってこそ、信じられるものなのかもしれなかった。

あの人とは、もう逢うこともないだろう。

胸の痛みとともに、そう理解した。

千代はあの人を失った。

それでよかった。

最初から身分も境遇も違っていた。

これまでも、ふたりはそう何度も逢えたわけではなかった。

それなのに、どうして人生を共にしている、などと思えたのだろう。

うぬぼれていたのだ、きっと。

たとえ一緒になれなくても、この世で代わりのいない唯一の男と女であると、ひとり合点していたのだと気づいた。

千代はようやく冷静になった。

手紙をこちらから差し出すという無謀なことをして、ようやく逢えたのだから、まず来てくれてありがとう、と礼を言うべきだった。

なのに、どうしてつまらないことばかりを口走ってしまったのだろ

う。

女が嫉妬(しっと)をあからさまにするほど、醜いことはないと思っていた。

なのに、不惑の四十を前にして、まるで分別のない若い娘のように責め立てて、あの人を怒らせてしまった。

千代は細い息をついた。

夜々に見る不吉な夢が、鮮やかに脳裏に浮かんだ。

若くて魅力的で、野心家のお貞(てい)が、挑発するような目で千代を見たこと、伝蔵へ向ける強いまなざし、それらははっきりと千代に何かを突きつけてくる。

眠りの中で繰り広げられる夢物語は、起きてしまえば忘れてしまうはずなのに、目覚めている時より、夢で見たものの方がはるかに現実感があった。

嫉妬とため息で過ごしていた日々の思いを、伝蔵に向かって、つい感情的に責めるような言葉になってしまった。後悔だけが残った。

そして、自分がつくづく女であると思い知らされた。

世間で発句(ほっく)の名人などとおだてられているのは、賢(さか)しらなつまらない女だったのだ。

生身の千代は夫を持たず、子を産まず、恋に見放されたひとりの中年女だった。

坂尻屋に逃げ込むようにして珈涼に会った。

いつもながら珈涼の心ばえの優しさに、千代の動揺がふと涙になってこぼれてしまったことを、恥じる気持ちがあった。

「千代さん、久しぶりに出てきたんだから、急がなくともよいでしょう」

このまま帰るという千代を、珈涼は引き留めた。

「ね、今夜はうちに泊まって、ゆっくりして休んでいったらいいわ」

「珈涼さんは、たそちゃんの面倒を見なくては。その上に私までお世話になれません」

そんなやりとりをしている時だった。

前田土佐守から使いが来た。

「珍しい茶菓子をこしらえましたので、茶とともにいかがですか。犀川河畔の料理屋『水無月庵（みなづきあん）』の茶室でお待ちしております」という招待だった。

「千代さんも一緒に、とおっしゃるのよ」

珈涼は千代の顔をのぞきこむように言った。

「え、私まで？」

千代は怪訝な顔になった。

「せっかくのお招きだから、参りましょうよ」

「……」

「それにしても、なぜ土佐守さまが、あなたがここに来ているのを知っているんでしょう」

珈涼の疑念はもっともだった。

千代は胸が冷える思いがした。

昨日から城下にいることを、弟家族と珈涼を除いて、他に知らせてはいなかった。

誰かがどこかで自分を見かけたからと、考える他なかった。

いったい、どこで見られたのだろう。

あの旅籠に入った時だろうか。千代は旅装束の姿だったので、目撃されていてもおかしいことはない。

けれど世間に名を知られている大槻伝蔵が、場末のみすぼらしい宿に出入りするのを見られたとすれば、人の噂になるのでは、と案じられるのだった。

伝蔵とあの宿で一緒に過ごしたのは、わずか四半時ほどに過ぎなかった。しかも日暮れであたりは薄暗かった。

それでも油断は禁物だった。

世間の目の恐ろしさを、千代はよく知っている。

「店に入るところを見かけたのではないかしら。坂尻屋のお客さんかもしれないし」

千代がいうと、珈涼は「あ、そうそう」と思い出したように両手を頬にあてた。

「わかった。四如軒さんだわ。お侍で、絵師の矢田四如軒さんよ。千代さん、会ったことはなかった？」

「いいえ、存じませんが」

「うちの蕎麦がお気に入りで、よくお見えになるの。土佐守さまの御家来でね。さきほど蕎麦粉をお分けしたのを忘れてたわ」

千代はひとまず胸をなで下ろした。

この店の中で千代を見かけたのなら、伝蔵と関連づけられることはないわけである。

「願ってもない機会と思うわ。外へ出て、人と話しているうちに、いつしか気も晴れるから」

千代はゆっくりと目を上げた。

「承知しました。つまり、お菓子好きの珈涼さんにどうしても付き合えってことですよね」

「そりゃあ美味しいものに目がない土佐守さまですもの。きっと素敵なお菓子を用意して下さっているはず」

珈涼は口に手をあててくすくす笑った。

それも、千代を気遣っての仕草だろう。

食欲もなかったが、明るい笑顔の珈涼を見て、千代も自然と笑っていた。


珈涼とふたりで、坂尻屋の屋敷を出て、にぎわう片町の通りを西へ向かった。

この先に犀川があり、大橋がある。

日暮れにはずいぶん間があった。昨日の今頃、不安とためらいと、そして小さな期待で息切れしそうになりながら、犀川大橋を渡ったのだった。

大橋の手前にある細い路地を、右に折れてしばらく行けば、昨夜千代が泊まった旅籠がある。

旅籠の隣の居酒屋の前に、ちょうちんがぶら下がっているのが遠目に見えた。胸がきゅっと痛んだ。

昨夜の自分の愚かさを後悔している。けれども、しかしそれだからと言って、無駄とは思わなかった。

伝蔵の顔を見、声を聞いた満足感は、千代の心にしっかりと刻み付けられていた。

「どうしたの、千代さん」

思いにからめ捕られて、歩みが遅くなったようだった。

「無理に連れ出したけど、やはり悪かったかしら?」

「いえ、にぎやかな通りに来たら、気持ちも晴れてきました」

「よかった。千代さんはそうでなくては」

これ以上、珈涼の親切に甘えてはいけないと千代は思った。

いつもの千代に戻って、土佐守との茶席を心地よいひとときにしなければばならないと、自分を奮い立たせた。

千代と珈涼は、枝折(しお)り戸から飛び石をつたって水無月庵の茶室に入った。

前田土佐守直躬がにこやかに出迎えた。

「突然にお呼び立てしまして、ご迷惑ではなかったでしょうか」

「土佐守さまからのご招待ですもの。大喜びで参りました」

「やあ、千代さんも来てくださいましたか」

土佐守は湯気の立つ釜の前に正座して、顔だけを千代に向けた。

「ご無沙汰しております」

口元に笑みを浮かべているが、ぎろりとした目は、千代をねめ回すような鋭さがあった。

「千代さんを坂尻屋で見掛けたという者がおりましてね。せっかくならと、ご一緒にお誘いしたわけです」

「ありがとうございます。それならばと遠慮もせず、のこのこ珈涼さんについて参りました」

珈涼の言った通りだった。坂尻屋の客として来た御家来が、やはり茶飲み話のついでに千代のことを口にしたのだと、土佐守は柔らかな口調で言った。

「遠慮など、無用です。今日は茶飲み話にお付き合いを願いますよ」

土佐守は銘々皿(めいめいざら)にのせた餅菓子を差し出した。

「椿餅です」

「上品なたたずまいのお餅ですこと。敷いてあるのは椿の葉ですね」

「これをぜひ、召し上がってもらいたかったのです。今度茶会を開くのですが、その時に使う餅菓子をこしらえてみたのです」

「これを、殿がご自分で」

「いえ、作るのは台所方にまかせています。けれど出来次第に、材料の分量を調整して、何度か試していますがね。お二人に味わってもらってから決めたいと思います」

珈涼はさっそく餅を味わった。

「餅のやわらかさといい、くるみの香ばしさといい、ちょうどいいあんばいだと思います」

「くず粉を入れてあるのです。蒸した後に、餅を切るのですが、大きさも細かく指図してあります」

千代は目を丸くして聞いた。

堂々たる風采（ふうさい）で、額（ひたい）の秀でた思慮深そうなお武家さまが、くず粉や、餅の大きさを大まじめに語る様子が意外だったからだ。

「まあ、お詳しいこと。そのお手で作られたといってもいいのでは?」

「本当は、台所に入って製作に参加したいほどなのですが、とてもとても。女中たちが入らせてくれません」

千代と珈涼は思わず笑った。

土佐守は、少々目つきはよくないが、なかなかの風流人であると千代は思った。

「千代さんはいかがです。お口に合いましたか」

「ええ、椿餅という名から、すでに美しいですね。大変、おいしゅうございます」

「千代さんの笑顔が見られてよかった。ご気分は晴れましたか」

「え？」

千代は驚いて、土佐守の顔を見た。

茶釜から勢いよく湯気が吹きだして、かすかに蓋を持ち上げる音が、静かな茶室に響いている。

「実は坂尻屋で蕎麦をすすっていたわが家の者から、千代さんが悲しんでいたようだと聞きましてね」

「ああ……」

あの時の姿を人に見られていたのだと知って、千代は赤くなった。

「お恥ずかしいところをお目にかけてしまいました」

「いつも冷静でおられる方ですので、よほどつらいことがあったのかと心配になりました」

「めっそうもない。本当にばかげていて、つまらないことだったのです」

千代は身がすくむ思いだった。

「おかしな夢を見て、困惑してしまったのです」

「ほう、夢ですか」

「そうなのです。ただの夢なのですがね」

「それは興味がそそられますな。夢にうなされることなら、よくありますぞ。ついこの前のことです。剣術の稽古(けいこ)をしている夢を見ていたら、いつの間にか真剣勝負になっている。相手の銀色の刃が光り、ひと太刀、肩から浴びせられた。ああっ、斬られた、と思ったとたん、目が覚めた」

「まあ……それは冷や汗でございましょう」

「思わず斬られた肩に手をやって、おお、無事であったかと」

土佐守が身ぶり手ぶりを交えて面白く話すので、千代と珈涼は声を立てて笑った。

「ところで千代さんの夢は？」

「ええ、私の方こそ、突拍子のない夢なのでございます」

「お聞かせ願いたい」

「行ったことのない江戸が出てくるのです」

「江戸ですか」

「芝の神明宮(しんめいぐう)の近くで火事がありまして、半鐘(はんしょう)が鳴り、人々は大騒ぎ。そこへ加賀鳶(とび)が出動して、それはもう、ほれぼれするような活躍ぶりで……」

「それは楽しい夢だ」

「はい。火事場での加賀鳶の勇ましさに、人々はやんや、やんやの喝采(かっさい)でございます。やがて火事騒ぎも収まると、私が避難している神社に、加賀鳶の大将らしきお方がやってきたのです」

「ほう」

話すうちに、千代はお貞の姿をありありと思い浮かべた。

「そのお方と、神社の娘さんが知り合いのようでした。娘さんの方が、誘いをかけるのですよ。神社の裏手へ誘い、暗がりで胸にもたれたりして」

「それは色っぽい場面ですな」

「わたしは驚いてしまいました。そのきれいな娘さんは、御殿女中でしたの。その時からなぜか、その娘さんがよく夢に現れるようになったのです」

「御殿女中とは、またふしぎな登場人物ですな」

「ええ、わたしの周りにいない人なのです」

「いつも、その女性が現れるのですな」

「はい。名が同じですから」

「何という名で」

千代は口に出すのをためらった。

「その女中の名は何と申す？」

土佐守はおだやかに、

ひたと千代を見つめながらもう一度聞いた。

千代にとっては、見知らぬ人だった。名を言ってもさしさわりはないだろうと思った。

「お貞さんというのです」

「なるほど」

土佐守の目が鋭い光を帯びた。

「その名で、千代さんの知っている人はいないのですか」

「ええ、まったく知りません。江戸にも参ったことがないのですから。おかしな夢話でございましょう」

「では、加賀鳶の大将の方は、会ったことがあるのですな」

「……いえ、その方も、もちろん存じ上げません。何といいましても、夢見に出てくる方ですから」

千代の目が泳いだ。

お貞のことは全く知らない女性なので、名前を出してもよかった。ただ伝蔵のことは、加賀鳶の大将ということにすり替えて話したのだった。

夢の中で、お貞は伝蔵に色目を使い、誘い出そうとしていた。

そして、千代を強いまなざしで見据えたのを、ありありと思い出した。

けれど、たかが夢である。

こうして人に話してみると、夢という不確かな幻想に翻弄(ほんろう)され、悩んでいたことが、何とばかげたことだっただろうと、自分を笑いたくなった。

「面白いお話でしたが、千代さんが泣いていたというのは、どういうことだったのでしょう」

「ああ、あれは……」

千代は警戒した。

伝蔵とのことは、珈涼以外に知る者がいない。

昨日の逢瀬は短かった。逢うために思いをはるかにして、待ち焦がれていた時間に比べれば、犀川を流れる一滴にも満たなかった。

そしてもう二度と、顔を見ることはないのだという虚(むな)しさを、もう一人の自分が見つめていた。

けれども、そんな話をこの席で披露するわけがなかった。ほころびを見せてはいけない。

「今から思えば、お恥ずかしい限り。たいしたことではなかったのです」

千代は笑顔を取り繕った。この上もなく柔和な笑みをたたえて、おだやかに言った。

「あまりに同じ夢を見るので、見知らぬお貞さんという娘さんに取りつかれているのかと、恐ろしくなりました。そんな時、久しぶりに珈涼さんにお会いしたら、恐怖の思いがこみ上げてきたというわけでございます」

そう話す自分の声が、うわずったり、変に揺れたりしていないことを、千代は話しながら注意深く確かめていた。

伝蔵との秘めごとは、死ぬまで守り通すつもりだった。

「珈涼さん、本当にごめんなさいね」

「千代さんは、ご両親が相次いで亡くなられてからというもの、福増屋の家業に慣れるのが大変でしたから。疲れているんですよ。それで気持ちが昂（たか）ぶっていたようですの」

珈涼が言い添えた。

「そうかもしれません」

「だから、おかしな夢を見るのでしょう」

千代は急に、身体の力が抜けたような気がした。昨日の夜から、よほど張り

つめていたようだった。

「ここしばらくは、俳句からも遠ざかっていますものね」

「句を考えるいとまもございませんでした。ですから姉のようにお慕いしている珈涼さんに、つい甘えてしまったのです」

「あまり無理をなさらないように」

そう言って土佐守の目がすぼまり、何かを考えるようにじっと沸騰する釜を見つめている。

「茶を一服、進ぜましょう」

と、土佐守が言った。

その後、茶席での話題は、珈涼が産んだ娘を、夫の五々(ごご)がどれほど可愛(かわい)がっているかという親ばかぶりのあれこれに移った。

茶席に弾けるような笑い声が満ちた。

千代と珈涼がしきりに礼を述べて茶室から去ると、前田土佐守直躬はふかぶかと息を吸い込んだ。

大変に意義のある茶会だったと思った。

あの夢見の話である。

千代と伝蔵の仲を知っている直躬にとって、千代の話は夢どころか、伝蔵から聞いていることに違いないと確信した。

千代が行ったことのない江戸のことを詳しく述べるということは、むろん伝蔵からいろいろ聞いているからに他ならない。

しかし、よりにもよって……。

直躬は茫然とした。

お貞さまの名前が出た時には、さすがに驚愕した。思わず声を出してしまいそうなほどだった。

お貞さまは、まさに江戸神明の神主、鏑木政幸の娘である。千代が話した神社の娘ということに符合する。

一般の町人が、江戸のお屋敷の奥向きのことを知るはずがない。まして、お貞という名を知ることなどできないのである。

いくら夢だといってこの直躬をあざむこうとしても無駄である。

お貞の妹のお民さまが吉徳公の子を産んで死去してから、お貞に殿のお手がついた。

その時、それほど若くはなかったはずである。

矢田四如軒が、蕎麦をたぐっている時に坂尻屋で聞いた断片が「側室」ということだった。その側室にあたるのは、金沢にお住まいのお縫さまではないか、と推察していたが、どうやら間違いだったようだ。

「側室」が、まさか江戸の上屋敷の奥にいらっしゃるお貞さまだとは、考えてもみなかったのだ。

何人もいるお腹さまの中で、お貞さまだけが殿の寵愛をほしいままにして、御子を四人も産んでいる。

次女の総(ふさ)姫と、四男の勢之佐(せいのすけ)さま、そして三女の楊(よう)姫さまである。益(ます)姫さまは夭折(ようせつ)した。

それだけの御子をなしたお腹さまだけに、格は最も高い。奥向きはお貞さまの天下だった。

三女の楊姫を産んだのは三十一歳だった。

そのお貞さまが、殿お気に入りの大槻伝蔵とただならぬ仲であるやもしれぬとは、恐ろしいほどの内幕を知ったと思った。

千代はお貞という御殿女中が、加賀鳶の大将に誘いをかけたり、しなだれかかったりすると言った。

加賀鳶の大将という嘘こそ、伝蔵の存在を隠したい気持ちの現れだった。その時だけ、千代の目が空をつかまえるような目をしたのだ。

いじらしいほど正直な女だと思った。

「これは使える」

薄闇が下りてきた茶室で、直躬はつぶやいた。

「この事実によって、大槻伝蔵を失脚させることができる」

低い笑いが、直躬の片頬をゆがませた。

子母澤類（しもざわ・るい）
加賀市生まれ、金沢市で育つ。現在、北國新聞、富山新聞でエッセー「子母澤類と巡る文学散歩道」を執筆中。著書に『金沢　橋ものがたり』（時鐘舎）、『北陸悲恋伝説の地を行く』（北國新聞社）などがある。日本文藝家協会員。

この物語は、実在した人物から着想を得た小説です。

「小説千代女」ゆかりを訪ねて

第16回

金沢駅近くの古刹に、千代女の墓 アイドルゆえ、語り継がれる

1775（安永4）年に千代女が亡くなってから、今年はちょうど250回忌の年に当たります。金沢駅に近い古刹、真宗大谷派専光寺（金沢市本町2丁目）には千代女の墓があります。なぜ、松任ではなく金沢に？　隠された逸話を期待して「小説千代女」を執筆する子母澤類さん、挿絵を担当する児島新太郎さんが訪ねました。

山門から入って左手、境内の一角にいささか古びた墓碑がありました。「千代尼埋骨処」と刻まれています。

「千代女さんは当寺の門徒で生前、何度か遊びに来られていたとのことです。ただ、残念ながら、これ以上の詳しい由来は分かりません」

案内してくれた専光寺の安田政幸事務長が説明します。没後に建立されたものの、その後は古びて倒れてしまい、1914（大正3）年に復元されたそうです。墓碑には確かに「大正三年七月」とありました。

へえ、とじっくりと墓碑に見入る子母澤さんと児島さんですが、安田事務長は落ち着かぬ様子。聞けば、法要の途中だそうです。慌ただしく戻っていきました。境内に響く法要の拍子木を聞きながら、子母澤さんはあれこれ思いを巡らせています。

「千代さんのお墓は、松任にも、金沢の他の場所にもありますよね。これだけ多くのお墓があるのはすごいですね。慕われているという証しでしょう」

前号の本欄で紹介した千代女研究会の金山弘明

真宗大谷派専光寺を訪ね、安田事務長（奥）の案内で千代女の墓に手を合わせる一行＝金沢市本町２丁目

さんによると、千代女の名声は明治維新以降、東京から当地に「逆輸入」されました。千代女が江戸を巡ったという伝承も広がっていました。

「固定観念にとらわれないイメージが千代女にはあります。自由に旅をしていたとしてもおかしくはないでしょう」と児島さんは語ります。

「まさにアイドルですね。ジュリーみたい」と子母澤さん。

なぜ唐突に歌手の沢田研二さんが出てくるのか。聞けば、高校時代、ファンだったそうです。当時のノートを見返して熱い気持ちがよみがえり、子母澤さんは4月に沢田さんのツアーライブ金沢公演に足を運びました。

ファンの中核は、子母澤さんよりかなり年長の女性陣です。杖をついたり、車いすに乗ったりした方もいましたが、ステージが始まるや総立ちになり、盛り上がりました。

「ジュリーの引力は年を取らない。それと同じ力が千代さんにもある」と子母澤さんは力説。児島さんもしきりにうなずいていました。

語り継がれる詩歌の力

語り継がれるのは、詩歌の力によるものでしょうか。70代半ばの沢田さんは「勝手にしやがれ」「時の過ぎゆくままに」といった曲を世に送り出しました。千代女も、多くの句を残しています。墓碑前の立て札には辞世とされる「月もみて我はこの世をかしく哉（かな）」が記されていました。

数多く残された墓碑も、アイドルゆえでしょうか。ジュリーを語りながら、江戸屈指のスターである千代女に思いをはせていました。

小説

恋なんて、するわけがない

第22話『トラの再婚(仮)』

水橋 文美江

これまでのあらすじ

金沢から上京して映画専門学校に入学した春子は、若い学生たちと短編映画の監督を務めた。打ち上げの席で、春子は酔った講師の伏見先生から本気で映画監督を目指しているのではなく、主婦が遊びで受講していると見られていたと知った。「ぜったいに映画監督になってやろうじゃないかァー」と火が付いた。

金沢と東京では流れる時間の速さが違うような気がする。春子がそうぼやくと、夫である昭夫は「ふん」と聞いているのか聞いていないのか、鼻を鳴らした。今日の献立は茄子(なす)と豚肉の味噌炒めだ。お隣の佐藤さんがくれたトマトに乱切りしたキュウリを加え、ゴマ風味のドレッシングをかけたサラダもある。東京のデパ地下、いわゆるデパートの地下売り場で買って来たゴマ風味のドレッシングはお土産のつもりだったのだが、なんのことはない、金沢のスーパーにも並んでいた。ありがたみがなくなるのでそのことは昭夫には話していないが。

「東京のドレッシングや、美味しいやろ」

「ああん？」

「はよ食べまっし」

「もういいて」

「なんで、こんなに残して」

「ほやから食べてきたって言うたやろ」

「えっ」素っ頓狂な声が出た。

「トラに会うて香林坊で早めにメシ食うてきたって言ったやろ」

「トラってなんや」

昭夫は呆れた顔で春子を見た。トラって山田のトラや、忘れたのかと。

山田……。誰やったっけ……山田山田……山田山田山田映画映画映画……。

「また映画のこと考えとるやろ」と亜紀の声に、春子はハッとした。亜紀がいつの間に帰って来たのか、台所から缶ビールを手に戻ってきて、昭夫の隣に腰を落とした。

「お母さんって、ここんところずっとそんな感じや」

「あんたいつ帰って来たん」

「ほらね」と、亜紀も呆れた顔になる。見ればジャージの上下姿ですっかり着替えも済ませている。

「夕御飯は」

「だから私もお父さんも食べて来たって言うたやろ。聞き流したんか。ほんとお母さんの頭の中は映画のことでいっぱいやね」

確かにそうである。「映画監督になってやるぅー」と壮大かつ無謀なる決意をしたものの、日々は変わらず過ぎていき、決意だけが空回りしている。映画学校では次なる課題、自分の短編をつくるための企画提出が始まっていて、若い子たちは続々と企画を出しているのだが、春子はこれといった企画が浮かばずに焦っていた。「日常のどんなことでも映画になる」と講師の伏見先生は言うのだが、春子の日常のいったいどこが映画になるというのだろう。

ゲップと肩を揺らして昭夫が大きなゲップをした。これを切り取れば映画になるのか。傍らには

ゴクゴクと喉を鳴らして缶ビールを飲み干す亜紀がいる。これを写せば映画になるのか。手つかずの茄子と豚肉の味噌炒め。コバエが飛んでいる。それを昭夫が手で払おうとするがコバエは逃げてゆく。またゲップをする昭夫。爪楊枝をくわえ、シィーシィー言い出した。あぁこれが映画になるとでも？

春子は吐息をついた。すかさず亜紀が「またほら」と突っ込む。

「今、お母さんの頭の中は映画映画映画……ってなっとるやろ」

「そや……なんでも映画に変換されるんや。山田も映画になってしもた。そういえば山田ってなんや」

「だから山田のトラや」

「それがわからんから聞いとるんや」

「山田浩司って言うたらわかるか」

「浩司……浩司浩司……」

「映画に変換せんといてや」

「わからん……」

「阪神タイガースが大好きやから昔っからトラって呼ばれとる。今年で七十になる」

「まだ、六十七、八じゃなかった?」亜紀が口を挟んだ。いや七十やと昭夫が言い返す。春子はそこでようやく思い出した。昭夫が子供の頃よく遊んでもらっていた従兄弟(いとこ)のトラさんだ。兄弟のいない昭夫にとっては兄代わりだった。親しみを込めてトラと呼び捨てしているのだと聞いたことがあった。

「トラさんって西金沢の人やね、夫婦で小さな自動車工場やってた」

「それは若い頃な、とっくに人に譲って、今は細々とアパート経営しとる」

「何年か前に奥さんが亡くなった……」

「八年前や」

「もうそんなになる?」

「病気で」

「ガンやったよね、血液の……」

昭夫は頷(うなず)き、押し黙った。春子も葬儀に参列したが、憔悴(しょうすい)しきったトラさんにかける言葉が見つからず、頭を下げるので精一杯だった。子供のいないトラさん夫婦はまさにおしどり夫婦と呼ぶにふさわしい。昭夫がいうにはどこに出かけるにも夫婦一緒で、結婚以来一度も言い合いをしたことがない。まるで双子のようだったという。夫婦で商売をやっていたこともあり、どちらかがいなくなるというのは片腕をもぎとられるような思いだったのではないかと。

「あん時……」と亜紀がいう。「あの葬儀の時ね、私も覚えとる。人ってほんとにショックやと、ボヤッとする感じなんやって思った。ギャアギャア泣いたりすることもできんっていうか、そんなエネルギーもないっていうか。泣けるっていうのはまだマシなんかもしれんって」

「あぁそやった、そやった」春子はどんどん思い出してきた。春子自身はあまり会うことがなかったが、それでも一緒にご飯を食べたことがある。いつだったか急に呼ばれて、昭夫とともにお寿司をご馳走になった。あれは子供たちも一緒だったか。

「うん、私も勘太も行ったよ。一緒においでやって言われて」

「トラさん行きつけの廻らないお寿司屋さんやったね」

「うん、カウンターで目の前で握ってもらうっていうやつ、初めてやった」

「あれってなんやった、なんでご馳走になったんやろ」

「誕生日」

「トラさんの？」

「俺のや」

「ああっ！ ごめんごめん、そうやった」

「お母さんがお寿司屋さんでも今と同じように声をあげたん、思い出したわ」亜紀がクククと笑って、肩を竦めた。

「でもそれは呼び出すためのこじつけっていうのが、後でわかったやろ」

「まぁな……」

「そうなん？」亜紀は知らなかったようで身を

乗り出した。

「清美さん、トラさんの奥さんが病気になったこと、あのお寿司屋さんの夜にはわかっとったんやて」

「えっどういうこと」

「入院する日が決まって、その前に美味しいもの食べておこうってことになったんや」

「あぁ」昭夫が春子の話に補足する。「そやけど夫婦二人だけやと落ち込んで暗くなるかもしれん。そう思って、ほんなら誰か呼ぶかってなって、昭夫ンとこはどうやろって」

「へぇ、それで呼ばれたわけ」

「たまたまや、そういう流れやから誕生日やったんは偶然なんや」

「後から聞いてわかったことやけどな」

「いつ聞いたん」

「亡くなってからや。こっちは入院のことはもちろん病気のこともなんも知らんかったから、てっきり自分の誕生日やし誘ってくれたんやと思っとった」

「毎年誘われとるわけでもないし、ヘンやと思わんかったん?」亜紀が聞く。

「お寿司がすっごく美味しくて、お母さんはそれどころじゃなかった」

「そんなだっけ。私も食べたけど……大概どこもそんな外さんやろ金沢は。廻るお寿司だって美味しいし」

「いやあ、あんな美味しいお寿司食べたんは生まれて初めてやった。ほんとに今思っても最高のお寿司やった。いやあ、なんであんな美味しかったんやろ」

「それな」

「なんや」

「値段を気にせんで良かったからや」

「……ああっそうか！　それやわ！」

「能天気やねぇ」亜紀がまた肩を竦めた。

清美さんの闘病を知るのはそのずっと後だが、なんだか妙な夜だと春子は思わなかったわけではない。実際、自宅に帰ってからふと昭夫に聞いた覚えがある。大丈夫なん？と。清美さんもトラさんもあまり箸が進んでないような感じがうっすらしたからだ。

「お父さんはそれでなんて？」

「お前が食べ過ぎなだけやろ」

「お母さんはそれで？」

「なるほどォって納得した」

「ほんと、能天気な夫婦やねェ」

お寿司屋さんでは阪神タイガースがいつ優勝するかと春子の興味のない野球の話で盛り上がっていた。清美さんはニコニコとトラさんのお喋り(しゃべ)に相槌(あいづち)を打っていたっけ。穏やかな笑顔が思い浮かぶ。「ああっ」と春子は大事なことを思い出した。あの帰り、お寿司屋さんを出た時にトラさんが清美さんの手をとっていた。

「手をとっていた？　手ェつないどったってことか」昭夫が無粋な質問をする。

「そうや、二人が手ェつないで帰っていったん、見たわ」

「見たか」

「見た見た。なんか洗剤やったかのコマーシャルで老夫婦が手ェつないどるのがあったやろ、あれやわ、コマーシャルみたいやった」

「その時でいくつや」亜紀が指を折る。

「清美さんが亡くなる前やから……八年前として、トラさんは六十は過ぎとる」

「六十過ぎて夫婦で手ェつなぐってどうなん」

「どうって」

「お母さんとお父さんの場合や」

「なに聞いとる」

「手ェつないで帰ることできるけ」

「できん！」きっぱり即答する春子。

「ないないないない、ありえんなァ」昭夫も鼻をふくらませ、否定した。

春子は「きもい」とさらに応戦した。

昭夫も「まずい」と言い返した。

「まあまあまあ」と亜紀がおさめる。「それだけトラさんたちが仲良しってことやね」

「そうや、あんなおしどり夫婦はそうおらんわ」

亜紀が頷いた。

で、なんだっけと春子が話を戻した。そうそう、昭夫がトラとご飯を食べてきたって話だ。

「久しぶりに呼ばれてな」

「もしかしてまたお寿司とか」

「いや、イタリアンやった」

「洒落(しゃれ)とるね、今日はなんのアレやったん」

「再婚や」

「……へ」

「……は？」亜紀もポカンとした。

「トラが再婚したんや」

ウソやろォーと春子は叫びそうになった。

映画学校の課題、短編をつくるための企画提出日を明後日に控え、春子はデスクに向かっていた。デスクといっても自宅の茶の間のちゃぶ台である。亜紀からもらった古いノートパソコン（古くても充分使える）を広げて1時間は過ぎただろうか。時計を確認し、春子はギョッとした。いやもうすでに3時間は過ぎていた。書いては消してを繰り返し、今あるのはたった1行。企画タイトル『トラの再婚』だ。うーむ、と唸（うな）る。やはりまだカッコをして仮をつけておこう。春子は思い直し、キィを打った。『トラの再婚（仮）』。

「なんやダサい」

昭夫が覗（のぞ）き込む。今朝からすることがないのか、昭夫が春子のデスク周りを行ったり来たり、うろうろしていた。珈琲（コーヒー）でも飲むかと言われ、「ありがとう、すみませんねえ」などと下手（したて）に出たのがいけなかった。パソコン画面を覗き込んでは口を出す。

「しかもまだ1行しか書けてないが」

「頭の中でまとめとるとこや」

「さっきもそう言っとった」

「さっきは心の中でまとめとるとこや」

「言い訳を思いつくのは早いな。頭も心も同じやろ」

「静かにしてくれんけ」

「静かにしたら書けるってもんでもないやろ。そのダサいタイトルなんとかならんか」

「だから仮ってつけたやろ」

「トラの再婚を題材にするからって『トラの再婚』ってそのまんまや、素人の発想や」

「素人やし」

「少しは工夫しいや」

「……ほな『トラさんの大再婚』にする」

「『大』をつけりゃ工夫したと思うなよ」

「もううるさいなぁ、あっち行ってや」

「ここはみんなの茶の間や、どこ行けいうがん」

「今は私のデスクや」

「だいたいトラのことを映画になんて、本当にできるんか」

「だから講師の伏見先生にいったん提出するだけやって言うとるやろ。それで却下される場合もあるんやし」

「されるわ、却下」

「面白がってくれると思うけど」

　春子は伏見先生自身が世代的にこの題材に強い関心を持つのではないかと踏んでいる。今を生きる高齢者の再婚という社会的テーマで括れば、他の講師陣も評価してくれるのではなかろうか。何よりもこの再婚には大きな特徴がある。出逢いがマッチングアプリによるものなのだ。目のつけどころが現代ならではだ。今や若い人向けだけではない、パートナーを失った中高年が新たな出逢いを求めるためのマッチングアプリがあり、トラさんはそれを通じて知り合った五才下の女性と再婚したのである。

「それにしても」春子は吐息をつく。「つくづくトラさんってすごいと思うわ。七十にしてマッチングアプリをやってみようと思うところがフッーじゃないやろ」

「まぁトラは気持ちが若いとこあるしな。独りになってからは流行りのゲームとかやっとったみたいやし。ユーチューブもよく見るって言うとった。マッチングアプリ自体はあの寿司屋の常連さんから教わったんやて。今どきの人はみんなやっとるってノセられたらしい」

「誰もみんなやっとらんわ。あんたなんて携帯もいまだにろくに使いこなしてないやろ」

「おまえに言われたくないわ」

「けどほんとによく良い人に出逢えたね」

「マッチングアプリで騙(だま)されたって話もあるみたいやしな」

「お金目当てとか、結婚詐欺師とか」

「トラも最初は疑心暗鬼なところもあったらしい。そやから逆にっていうか、実際に会ってみんとわからんって思うて、どんどん会うようにしたんやて」

「中にはヘンな人もおってんね」

「そりゃおったわ、言うとったよ。ご飯をご馳走したけど、一言も口聞かんと帰った人がおったとか、顔を合わせた途端に帰ったって人も」

「ひどいねそれ」

次第に目が肥えていき、会わなくても最初の数回のやり取りだけで、どんな女性か見分けられるようになったという。

「どんだけ会ったんやろ」

「百人はいかん、けどその半分くらい」

「えっそんなに?」

「映画にしたら2時間じゃ終わらん」

「ほんとかいな。『トラの五十回目のプロポーズ』ってしようかいな」

「また単純な」

企画が通ったら、春子はトラさんにあらためて取材させて欲しいと申し出るつもりでいる。多彩なエピソードは映画どころか連ドラにでもなりそうだ。


その後、何時間もかかって企画プロットを書き上げた。プロットとはざっくりいうと粗筋である。まずは昭夫から聞いたトラさんの再婚の経緯を書いた。これにプラスして自分なりのアイディアを加え、膨らませる。本当にあったことだけを書いていくと、フィクションではなく、ドキュメンタリーになるからだ。春子は亡くなった清美さんがトラさんの再婚に向けて奮闘している様を見守っていることにした。ユーレイとなってつかず離れず見ている清美さんを登場させ、それに気づかずにトラさんが去ってゆくのだが、トラさんは気づかないまま、新しい奥さんになる人だけが一瞬、清美さんの姿を見る。あぁ亡くなった前の奥さんなんだなと察して、空を仰ぎ、幸せになりますと誓う……。だらだらと書き綴ったために随分長くなってしまった。提出するにはA４一枚にまとめなければならない。伏見先生からは「熱意のあまり何枚も書いて提出する人が毎回いるが、必ずA４一枚にまとめるように」と注意を受けていた。簡潔にまとめるというのも身につけなければならない力量だと。春子は読み直し、必要ないと思われる部分をカット（これがまた迷いながらの大変な作業であった）、なんとかA４一枚に収め、完成させた。窓の向こうはすっかり暮れていた。

昭夫はああでもないこうでもないと時折ちょっかいを出していたが、さすがにお昼を過ぎた辺りからは静観し、やがて春子の代わりに夕食の買い出しをしてくるといって出かけていった。

書き上げた原稿をPDFという形式に変換して学校共有のファイルに送信する。共有のファイルにはすでに提出された他の子たちの企画プロットが保管されていた。タイトルをつけておくように指示されていたので、それらが目に飛び込んでくる。『地球外生物と僕と宇宙と血まみれの布団の中には……』という長ったらしいのは光山くんだ。『岬にて、君に会いたくて』と、なんともムズがゆいタイトルは木梨くん。桃ちゃんは『不明?』というタイトルに(仮、仮、仮)と三連発の仮をつけていて、安藤ちゃんは『これが愛なのであーる!』と!をつけて断言している。藤くんの『receipt』はレシート、日本語で訳すと領収証だろうか。他にも『考察の彼方へ』『パイナップル、それ食べないで』『無』『おじいさんのリーゼント』などなどなかなかユニーク、あるいは斬新なものが並んでいる。春子は代案を考える余裕も時間もなかったので、『トラの再婚(仮)』のまま送った。「ダサいな」とその自分のタイトルに思わずつぶやいた。


翌週、伏見先生の講義があった。東京組は学校の教室にて対面、地方組はリモートにて参加。春子も金沢からのリモート参加だ。開始早々、伏見先生がおもむろに「人間の感情は何種類あるか」と問いかけた。「喜怒哀楽ですか」という声があがったが、「それじゃなくて」と伏見先生は首を振り、2016年にアメリカの心理学者ポール・エクマンがチベット亡命政府の国家元首を務めるダライ・ラマ14世とともに、感情をまず5つのカテゴリーに振り分けたという話をした。

「5つというのは、楽しみ、嫌気、悲しみ、恐れ、怒り。これを五大感情ともいう。ここからさらに振り分けていき、人間の感情には合計四十六種類の感情があると。今、スマホでもパソコンでもいい、調べてごらん」

皆が一斉に検索を始める。春子も言われるままに「人間の感情、四十六種類」と検索してみた。するとなるほど、四十六種類の様々な感情が書かれてあるのが見つかった。たとえば、楽しみという感情は……狂喜・興奮・驚嘆・ナチェス・フィエロ・高慢・平穏・安心・シャーデンフロイデ・面白い・同情・喜び・感覚的快楽の計13種類に分けられる。嫌気という感情は……強い嫌悪・憎悪・反感・嫌気・嫌悪・嫌い・苦手の計7種類……というふうに。藤くんが「これって英語のほうがわかりやすいかもですね」と挙手しながら発言した。伏見先生は頷き、英語でわかる人は英語で検索してごらんよと促した。


「人の感情はそこに書いてある四十六種類のどれかだといわれている。たとえば君らはこれまで生きてきて、いろんな経験をしただろう。その時々で何かしらの感情を持っただろう。振り返ってみろ。その時々の感情を。どういう感情だったか。四十六種類に当てはめてみろ。なんとなくでもいい、四十六種類のうちのどれかに必ず当てはまるはずだ」

ふむふむ、どれどれと、振り返る人生が他の若い子たちよりも長いため、春子はついていくのに少し遅れてしまった。ぼんやりと振り返っているうちに「しかし、だ」と伏見先生の話が続いていたのだ。「そこにない感情を描こうとするのが映画なんだ、わかるか。四十六種類に振り分けられない感情をスクリーンに映し出す。それでこそ、映画なんだ」

なんだって？　なんか熱いことを語っているな

ぁと春子は人ごとのように聞いていた。そこで「ハルハル」と呼ばれたものだから、リモートの画面越しに安藤ちゃんが呼んだかと、ぼんやりと見ればそうではない。春子を呼んだのは伏見先生だった。

「ハルハルって呼ばれてるんだろ」

「あっ、そうですけど」

「ハルハルの企画プロットが選ばれた」

「……選ばれたってどういう」

「提出されたものの中から1ツ選び、それを皆で撮ることになると説明したろ。ちゃんと聞いておきなさい」

「……1ツって」

「予算的には1ツしか撮れないからな。金沢まで行って、撮るってことも考えなきゃいけないだろ」

「……金沢って」

「時間は決まってる、二十分だ」

「……二十分って」

「さっそくシナリオにとりかかれ」

「ちょっちょっちょっちょっちょっ……」春子は立ち上がって、思わず画面から外れ、「ちょっちょっ、ちょっと待って、そんな、ちょっ」と混乱の言葉を撒き散らかした。

「ただし、おい、聞いているか。タイトルは再考したほうがいい」

春子は画面に顔を出し、確認した。

「『トラの再婚（仮）』ですか」

「ああ、そうだ。次の短編は君が監督だ」

水橋文美江（みずはし・ふみえ）
1964（昭和39）年金沢市生まれ。91（平成3）年脚本家デビュー。テレビドラマ「夏子の酒」「ホタルノヒカリ」のほか、NHK連続テレビ小説「スカーレット」の脚本を手掛ける。北國新聞・富山新聞でエッセー「いくつになっても」を連載する。東京都在住。

寄稿

夢二館で過ごした湯涌の14年

太田昌子

（前金沢湯涌夢二館　館長）

かつて竹久夢二が滞在した湯涌温泉の街並み＝金沢市内

この春、14年勤務した金沢湯涌夢二館の館長を退任した。

金沢の尾張町からバスで金沢湯涌夢二館までは40分ほど、その間窓外に流れる豊かな自然風景は心の癒やしとなった。湯涌へ浅野川に沿って遡（さかのぼ）ってゆく湯涌街道からは遠くに白山麓の山並みが望め、近くの緑豊かな丘陵や蛇行する川の輝きも千変万化し見飽きない。早春には木や草は日ごとにその新緑の色を増してゆく。山藤の木々に揺れる花房、夏には葛（くず）の花、秋には実をつけた柚子（ゆず）が目に付く。

金沢城の石川門から車で20分の距離にある山里の湯涌温泉にはコンビニもパチンコ店もない。あるのは総湯と10軒足らずの温泉旅館と江戸村、そしてわが夢二館。ここでは目を慰める自然とともに年中行事——正月の氷室の雪詰め、5月の青葉の祭り、6月の氷室開き、秋のぼんぼり祭りなど——がおもてなし。100年ほど前に滞在した竹久夢二は、その自然と里人の慎ましく侘びた暮らしぶりに心慰められ、「第二の故郷」とまで自伝的絵入小説「出帆」(昭和2年)で懐かしがっている。

夢二、大正6年秋の滞在

よく聞かれた質問は、なぜ岡山生まれの夢二の記念館が金沢の湯涌にあるのかということだ。まずは先に記したように夢二自身が「第二の故郷」と呼んでいるからと答えて、時には次のように長い説明を加えていた。

恋人の笠井彦乃とようやく大正6(1917)年6月から京都で共に生活を始めていた夢二は、8月半ばに盆地の酷暑を避けて次男不二彦も伴って、3人で金沢・北陸の旅に出た。やがて9月15、16日には西出朝風などの知人たちの援助によって金沢城外の南西部にあった金谷館で「夢二抒情小品展覧会」を開催し大盛況であった。この時、食中毒からようやく回復期にあった不二彦の病後療養のために医者が勧めたのが湯涌温泉だった。

湯涌温泉といえば、江戸時代から金沢では「殿様の隠れ湯」、近代に入っても「金沢の奥座敷」として知られていた。夢二一行は、当時3軒あった旅館のうちの山下旅館(現在の「お宿やました」)に逗留し、この里の侘びた様子が気に入り、彦乃と樵や炭焼きたちが交わす朝夕の挨拶も好もしいと絵入歌集『山へよする』や日記に書き残している。自然の佇まいも人情も素朴で穏やかなところに故郷と通じるところがあったのか。

湯涌からひとつ峠を越えた曲の里（現在の金沢市湯涌曲町）で「こんなところへ画室を立てたなら」という夢二の呟きを彦乃はその日記に書き留めている。彦乃も湯涌を気に入って「また来年も来ましょうよ」と言ったものの、1年足らずで結核に倒れ、さらにその1年半後には満23歳で帰らぬ人となった。

　この滞在から7年後、『サンデー毎日』の有名人アンケート「旅ごゝろを誘ふ曾遊の地」（大正13年）に対して「（前略）金沢のおくの湯涌へちよつといつて見たい」と答えている。しかしこれが実現することはないのだが、日記などから浮かび上がってくるのは最晩年まで折に触れては彦乃と過ごした湯涌を懐かしく思い出している姿だ。

　さらに湯涌での愛息、不二彦の驚異的回復を目の当たりにして、そこから「底知れぬ自然への畏怖の念」を語っている行を日記に読むとき、その鋭利な直観力に頭が下がる。その当時の日本は近代化路線を邁進しつつあり、それが自然破壊への道を進むことを危惧していたのだろう。このような大自然への敬意と共存を基本に置いていた夢二の姿勢にはいまも学ぶべきものがある。

　夢二にアトリエを建てたいとまで言わせた湯涌の景観はいまもさほど変わってはいない。裏山の福神山を越えて河内の里（湯涌河内町）へ続く道には杉木立の間を小川が流れ、秋には木通や茸も採れる。時には遥か北西の彼方に日本海も望める。

　湯涌滞在中に制作された「湯の街」はモデルの彦乃の背後に福神山を描きこんでいるのだが、そのスカイラインはいまとほとんど同じに見える。夢二が愛した湯涌の自然や古道を体験するために、金沢湯涌夢二館が「夢二の歩いた古道」のハイキングに春秋2回、10年以上協力してきたのも高木政喜氏はじめ地元やボランティア団体の方々の熱心な取り組みがあってのことだった。湯涌の自然や植物にも触れながら、時には『夢二日記』の該当箇所を読み上げて往時を偲(しの)んだことも懐かしい。

親交が生んだ収蔵品倍増

夢二館創建から25年の歴史を振り返って、特筆すべきは最近14年間の収蔵品倍増であろう。日本国内に「竹久夢二」の名を冠する美術館が数館あるなかで、後発館であった夢二館は当初からその収蔵品においては先行館の後塵(こうじん)を拝してきた。

近年の収蔵品の増加と相まって年間3、4回の企画展示でそれらについての最新の研究成果を学芸員を中心にして展示してきたことも功を奏したのであろうか、最近では少し知名度も高くなったようだ。それに加えて夢二館が文化都市・金沢市によって創設された国内唯一の公立館ということの意義は大きい。このことが夢二館への信頼につながり、夢二との親交によって親の代から所蔵してきたコレクションをご遺族が安心して託せる機関として判断されるケースが多いようだ。

主なものを収蔵年代順に、敬称を省略して列記してみると、「清水はつ代コレクション」（京都の印刷業「清文堂」主人・大槻笹舟の娘・清水はつ代、平成23年度）、「柳川コレクション」（金沢の古書店「南陽堂書店」主人・柳川昇爾、平成25年度）、「笠井千代コレクション」（笠井彦乃の異母妹・笠井千代、平成25年度）、「トガワコレクション」（グレン・トガワ、平成26年度）、以前から継続の「堀内コレクション」（堀内寛・弥枝夫妻、平成26、27年度）、「佐々木コレクション」（佐々木正一郎、平成27～30年度）、「竹久家コレクション」（竹久都子、平成30年度～令和2年度）、「河井酔茗コレクション」（河井酔茗、令和6年度から継続中）である。

　毎年のように夢二と親交のあった人々を中心とするコレクションが寄贈・購入されてきたことが分かる。改めて、寄贈者および関係者一同に感謝したい。令和5年度末の収蔵品（展示参考品を除く）は約3千点を数えるまでになった。

赴任して初めて寄贈された「清水はつ代コレクション」はとりわけ印象深い。夢二とあつい信頼関係にあった京都の印刷業・大槻笹舟のご令孫が突然ひとりでご来館された。

　自身の退職後に母親・清水はつ代のコレクション、つまり祖父・笹舟の一人娘が愛蔵していた夢二作品などを一括寄贈する相手先を検討中で結局、夢二館に白羽の矢を立てられたのだった。

　理由を問うたところ、「国立美術館など大規模な施設では収蔵品も多く、夢二作品は展示につながりにくいだろう。公立館で夢二の専門館をネットで検索した結果、夢二館があがってきたから」ということであった。

幼き者、弱きものへの眼差し

　この「少女之図」はまさにコレクションの所蔵

「少女之図」
大正8(1919)年　軸装　紙本着色

者であった清水はつ代の幼少時の肖像画だ。笹舟は晩婚で生まれたはつ代を溺愛していたが、夢二がこれを描いた翌大正9年の11月に急逝している。夢二と笹舟の親交の証しの作品でもあり、不二彦をモデルに描いた「歯をみがく子ども」とともに「子ども絵」の優品といえよう。『日本少年』『子供之友』など多くの児童雑誌などに絵や詩文を掲載していた夢二の幼き者、弱きものへの眼差しは優しい。最晩年の欧米への旅中でも子供のスケッチを多く残している。

次の「柳川コレクション」からは夢二と金沢の相性のよさが浮かび上がってくる。柳川昇爾（1904〜78年）は金沢の橋場町に架かる枯木橋からほど近い古書店・南陽堂の店主であり、その名は全国の古書愛好家の知るところであったが、実は夢二ファンでもあった。後継者の長男の急逝後、ご遺族がそのコレクションの一括寄贈先を隣の美術商・ギャラリー三田の三田裕一氏に相談して夢二館に落着した。これは企画展示「『南陽堂書店』主人の愛した夢二」で公開され、所縁の深い橋場町の方々も湯涌まで足を運ばれた。秘蔵の「後園新菓」は、大正4（1915）年3月の『富山新報』によれば、富山市の渦巻亭の

「後園新菓」
大正初期　軸装　絹本着色

画会に同名作が出品されているのでその作品を後に昇爾が買い求めた可能性が高い。

ご遺族によれば、この作品を稀に知人等に見せるときは、お軸を掛けたと思う間もなくすぐに再び巻き戻してしまったとのこと。いわゆる「目垢」がつくのを恐れたのだろうか。書を懐に漂泊の旅で生涯を送り、「愁人山行」印を愛用した夢二は言うまでもなく、昇爾も明代の画家、董其昌の唱える「万巻の書を読み、千里の道を行く」を旨とする文人気質が色濃い。それは夢二と親交を結んだ医者、文学者、名家の末裔といったパトロンの男性たちにも共通するところでもあった。

近年に寄贈された「竹久家コレクション」は夢二と次男不二彦の作品や資料類を不二彦没後は妻・都子氏が保存管理してきたものである。それらのほぼ一括寄贈を決断された竹久都子氏に深く感謝したい。質量ともに大規模であるため、今後の研究に待つところも多いのだが、ここでは二つだけ報告しておこう。

最後に残ったスケッチ32冊

夢二は生涯に500冊近いスケッチブックを残したが、その全貌は未解明のままである。最後まで手元に残されていた32冊のスケッチブックが寄贈された。そのなかには関東大震災直後のスケッチ、さらに金沢・北陸旅行のスケッチなど現地で

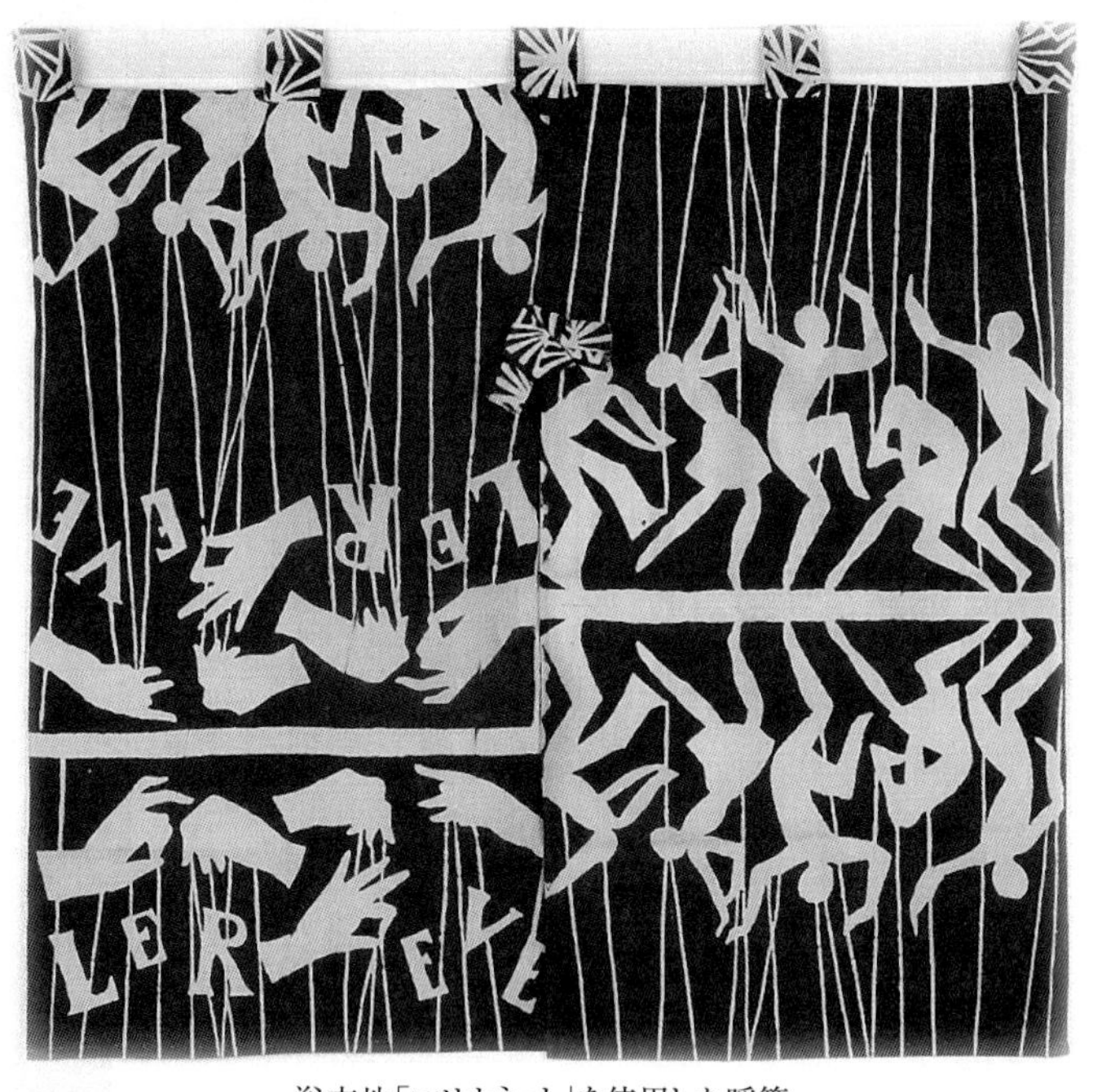

浴衣地「マリオネット」を使用した暖簾
大正末〜昭和初期　66.0(吊り布含む)×69.0センチ

描き留められたものも含まれている。

日本デザインの黎明期に歩み始めていた夢二は、いわば早すぎたデザイナーと呼ぶにふさわしい。

夢二のグラフィックデザインはすでに版権切れということもあって、いまや夢二柄の浴衣や着物、小物類はお馴染みになっている。今回の「竹久家コレクション」の中には彼のデザインで制作された浴衣地35点が含まれていた。実用品として着古されて廃棄される運命を免れたごく一部が大小の布裂で残っていたのだ。

吸い込まれるような濃い藍地に白い図柄がくっきりと映えている。図柄は躍動感あふれるモダンなものから古風なものまで見ているだけでも楽しい。「生活の美」を求めた夢二のデザインは、今後の整理・研究が進めば、さらに評価を高めることになろう。付言すれば、令和4(2022)年度に夢二の人形2体、「少年」と「ピエロ」が国立

工芸館の所蔵品となり、近代人形史に夢二が位置づけられることになった。

寄贈されたコレクションとは別に、夢二の著書57点の初版本、夢二が表紙絵を描いた「セノオ楽譜」約280点を館独自の計画として掲げて収集してきた。それぞれ目的達成もそう遠くないところまできている。

後者については収集作業と並行して夢二の作詞曲の全24曲を声楽家・東朝子氏とピアニスト・押田真澄氏によって楽譜に忠実に演奏してきた。両氏による「復曲」音楽会を5年間続けて音源も確保することができた。資料として保存する楽譜ではなく、本来の演奏に用いたのだが、いわば「復曲」された曲を実際に聴いてみるとその時代が蘇（よみがえ）ってくる気がする。そのテンポの速い軽快感が哀愁を帯びたメロディーに不思議な活気を与えているのは発見であった。この時の「復曲」演奏は夢二館のロビーのタブレットで聴くことができる。

夢二の輝きを、さらに

14年を顧みて、記し残したことを3点に絞って簡略に述べたい。

平成29年度、富山市の高志の国文学館館長だった中西進博士による講演「夢二の短歌」が湯涌のかなやで開かれた。彦乃へ捧げられた『山へよする』（大正8年刊行）の中核をなす「里居」13首を中心に、中国漢詩と対応させながらの論考は緻密（ちみつ）で画期的なものであった。この概要は夢二館刊行の『増訂版　金沢湯涌夢二館収蔵品総合図録　竹久夢二』に収録されている。

なお平成30年度から歌人・島田鎮子氏の指導で「夢二の短歌に親しむ会」が続いているのも貴重

だ。
　夢二の文人気風、読書人としての基本姿勢にはたびたび言及してきた、「感情表現」を第一義とした庶民と同じ目線は、また弱者に優しい。そうした「コマ絵」は、当時の中国の文化人たちの目に留まるところがあり、いまも民衆画家として根強く支持されている。魯迅、豊子愷といった文人画家たちが夢二から学び、共鳴していたことが注目されている。

　北陸新幹線の金沢開業以降は関東圏からの入館者も増加し、開館から令和5年度末までの入館者数は約45万人に迫っている。展示室も平成27年度の大規模改修によって整備され、2階の企画展示では開館以来、約90を数える企画展示を連綿と開催してきたが、なかでも中右瑛コレクション、培広庵コレクションを拝借した特別展も忘れがたい。

　1階の常設展示に新たに「笠井彦乃コーナー」「人類愛コーナー」「不二彦コーナー」が追加された。創建20周年を記念して刊行された『増訂版　金沢湯涌夢二館収蔵品総合図録　竹久夢二』には1034点をオールカラーで収録し、夢二の肉筆から印刷物まで全活動領域の作品が収められている。必見の図録である。

　最後に切に望まれるのは、夢二の多岐に及ぶ、そして今後もさらに輝きを増すその活動の全貌が多くの人々によって共有、享受されることだ。これには全国に散在している夢二関連館の相互協力が欠かせない。高橋律子副館長に期待しよう。

※掲載画像はいずれも金沢湯涌夢二館蔵

おおた・しょうこ　東京都出身。東大人文系大学院博士課程満期修了。金沢美大教授（芸術学）などを経て、同大名誉教授。2010年4月から24年3月まで金沢湯涌夢二館館長を務めた。東アジアのイメージ研究が専門。金沢市在住。

音楽あれこれ ㉒

OEKを振らなかったライバル小澤征爾氏

ガルガンチュア音楽祭シニア・アドバイザー　山田正幸

今年2月、世界的な指揮者、小澤征爾氏が亡くなりました。小澤氏は、オーケストラ・アンサンブル金沢（OEK）音楽監督の岩城宏之氏とともに、日本クラシック界を牽引してきました。そんな小澤氏ですが、OEKを指揮したことは一度もありません。なぜだったのでしょうか。

「俺の顔が立たん」

1988年にOEKが誕生して5年ほど経過し、少しずつ団員たちに自信が芽生えてきたころ、OEK事業部長だった私は岩城氏に尋ねたことがあります。「そろそろ小澤氏を呼びますか？」。岩城氏はウーンと唸った後「まだ早いな！　もっと実力を付けないと俺の顔が立たん」と答えました。続けて、「彼（小澤氏）はオーケストラを自由勝手に振り回すだろう。OEKは、そう勝手にならない実力を付けないといけない。10年かかるよ！」とも。

それで、10年以上が経過し、念願の石川県立音楽堂ができたころ、もう一度岩城氏に問うと「いいぞ、呼ぼう！」とお許しが出ました。ところが、小澤氏のマネージャーに問い合わせると、「今はとても忙しい」との返事でした。

小澤氏は、毎年夏に松本市の音楽祭で編成されるサイトウ・キネン・オーケストラの運営に携わったり、長野五輪の開会式で、世界を結ぶベートーベン「交響曲第九番」の演奏を指揮したりと、息つく暇がなかったころです。これ以上、新しいオーケストラで客演する余裕が無いとのことでした。

ボストンフィルの音楽監督を約30年務めた小澤氏は、その後ウィーン国立歌劇場の音楽監督となり、OEKでの客演は、到底無理になってしまいました。

一方、岩城氏は晩年、大晦日（おおみそか）にベートーベンの全交響曲を一夜で演奏する公演に精力を注ぎ込んでいました。これは、世界でも東京だけで行われる珍しい公演として、今も続いています。

そんな岩城氏は2006年6月、73歳で亡くなりました。その時でした。小澤氏のマネージャーから私に電話がかかって来ました。「追悼演奏会はいつですか？　小澤が振りたいと言っております」。うれしいニュースです。ただ、小澤氏は日本には年に3、4カ月しかいないため、早めに日程を決めてほしいという電話でした。

ところが、当時私まで病に倒れ、日程調整ができなくなってしまいました。このため、小澤氏の指揮は結果的に実現しませんでした。岩城氏の死去に伴い、予定されていた公演の代役探しや、岩城氏も参加を予定していた豪州・メルボルンでの国際芸術フェスティバルへの対応など難問が続出し、無理をし過ぎたのかもしれません。私が退院するまで3カ月もかかり、追悼公演ではOEK設立にも貢献したジャン＝ピエール・ヴァレーズ氏が指揮しました。小澤氏はとても悔やんでいたそうです。

生け花と種まき

小澤氏と岩城氏は、良きライバルだったのでしょう。2人とも、海外で実績を作らないと、日本人指揮者は世界に通じないと信じていました。二人は別々のアプローチで、世界に挑戦したのです。

岩城氏は、よく自分を小澤氏と比較していました。サイトウ・キネン・オーケストラ設立時には、小澤氏の音楽活動を生け花に例えて説明しました。「生きがよく、上手な奏者を世界から集めて楽団を作る」というわけです。一方岩城氏は「種を植え、水を撒（ま）いて育てて花が咲くのを待つ」のを信条としていました。

岩城氏は、自分のやり方が正しいと考えていました。ただ、ポッリとこう漏らしたこともあります。「俺も勝手に奏者を集めて、生け花のようにやってみたい」

大晦日のベートーベン全交響曲演奏会では、自分のために集まった岩城オーケストラを存分に指揮していました。それは、日ごろの鬱憤（うっぷん）を晴らす機会だったのかもしれません。α

心に残るスケッチの旅 42

大丈夫です。柴山、描いてます！

柴山桂子（洋画家）

しばやま・けいこ　1963（昭和38）年富山市生まれ。富山高校普通科を経て金城短期大学卒。97年一陽展初入選、2001年特待賞、02年一陽賞、16年会員賞、23年スカラベ賞。現在は同展運営委員。20代から現代美術展に出品を続け、24年の第80回展で美術文化大賞・石川県芸術文化協会会長賞。一般財団法人石川県美術文化協会会員。子供絵画教室「そらあ～とすくーる」主宰。金沢市在住。

今春の第80回現代美術展に出品した洋画「ハルノウタ」で、美術文化大賞・石川県芸術文化協会会長賞を頂きました。節目の年に夢のような賞です。「まさか私が」と、いまだに信じられずにいます。

顧みると、絵の道に進むきっかけは、富山市内を流れる神通川だったかもしれません。

中学の写生大会。川べりで写生をしました。他の友達は神通大橋や川の流れ、遠くに見える立山連峰を描いていましたが、川べりに転がっている石に私の目は引き付けられました。上流から運ばれてきたのでしょう。大小さまざま、いろいろな形があります。川の色に映えて、なんとも美しく見えました。何時間も掛けて何百もある石ころをペールトーンで描きました。

仕上がった作品は美術の先生にとても褒められました。美術が好きな別の先生から「この絵欲しいわ」とまで言われました。子どもにとって、これほどの褒め言葉があるでしょうか。私の創作の原点になっている出来事です。

苦手だった石膏デッサン

進学して富山高校の美術部に入り、洋画家の松倉唯司先生から油絵を教わりました。当時はリンゴやガラス瓶をテーブル上に転がして、それを上から見下ろした作品を描いていました。自分なりの構成、色彩にしたいとのこだわりが強かったのかもしれません。

美術部では、美大や芸大を目指す先輩方が放課後遅くまで残り、石膏デッサンに取り組んでいました。真剣に取り組む姿に憧れましたが、私は石膏デッサンというのが大の苦手でした。今でも木炭とパンを見ると、つらい気持ちがよみがえってきます。

高校の帰り道に、富山県立近代美術館（当時）があって、よく通っていました。高校生の自分には、おもちゃ箱をひっくり返したような心ときめく夢

第80回現代美術展で美術文化大賞・石川県芸術文化協会会長賞を受けた「ハルノウタ」

のような世界が広がっていました。ピカソ、ロートレック、ミロ、ジャスパー・ジョーンズ、マグリット、アンディ・ウォーホル…。写実表現よりも半具象の世界に心が傾きました。

「短大、行こうと思うんだけど」

それでも本格的に絵を学ぶ機会には、なかなか恵まれずにいました。25歳の時、子どもが保育園に入っている間が、絵を学ぶ最後のチャンスだと思い、金城短期大学（当時）美術学科油絵コースに社会人入学しました。独身時代の貯金がちょうど学費とぴったりでした。

「短大、行こうと思うんだけど」。晩ご飯の席で、夫に切り出すと、ぼろっと箸を落としてしまいました。1分ほど間があって、「おまえ、大学行きたかったもんなあ。頑張ってこいや」と応援してくれることになりました。

短大では毎日午前中が、裸婦のモデルさんによるクロッキーの授業でした。そこで、女性の身体っていいな、と実感するようになりました。できるなら、胸を張って生きている女性、未来を感じさせる明るい女性を描きたいと思い立ったのです。

外国人女性に惹(ひ)かれて…ごめんね

クロッキーを続けるうちに、外国人女性のバーンと張った肩や腰に惹(ひ)かれるようになりました。作品イメージを膨らませるため、外国人女性のヌード写真集や作品集をたくさん手元に集めました。子育てしながら描き続けていたわけですが、あの頃、家族はこんな私をどう思っていたんだろうと今になって考えてしまいます。本当に、ごめんね。

あっという間の2年間の短大生生活。卒業制作からアクリル絵の具を使い始めました。乾きの速さとカラッとした色合いの絵の具の特性が私の体質にあっていると考え、それからはずっとアクリル絵の具派です。

アクリル板を取り付けて

1997（平成9）年に、公募団体展である一陽展に初入選しました。絵画では、絵の具が主役であるべきだという常識が強固でした。私の作品はアクリル絵の具に加えて、アクリル板を画面に取り付けていました。出品作が「作品」として認められるまでには時間が掛かりました。

ところが一陽展の個性的な諸先生方は理解が深く、出品者の独自性を尊重してくださる環境だったのは幸運でした。5年目には特待賞、次の年に一陽賞を頂いたときは作家としてようやくスタートラインに立てたかな、と思いました。

「柴山さん、やり続けるのよ！　自分を信じて！」

「人の作品に同調するな」

「なーんにもないカラッとしたところが、あなたの持ち味。大事にして」

「絵を描いて！　もっともっと描いて！　いいもの持ってるんだから」

一陽会の先生方から頂いた言葉は私の宝物です。長い年月をかけて、大事に育てて頂いたと感謝しています。

現代美術展には20代のうちから挑戦していました。ずっと落選続きでした。一陽展に最初の一歩を刻んだ1997年にようやく新入選となりました。それ以降、どちらの展覧会も一度も休むことなく出品し続けることができているのは、本当にあり

2004年の第16回現代日本絵画展（宇部ビエンナーレ）入選作「風の刻（Dream Sea）」

がたいことだと思っています。２００７年には石川県美術文化協会会員となり、委嘱作家の仲間入りを果たしました。

フラメンコの指導、生きた

今回、大賞を頂いた「ハルノウタ」には、一つ秘密があります。北國新聞文化センターで私が習っているフラメンコがヒントなのです。子育てが一段落した20年ほど前、前かがみに絵を描いていると肩凝りがひどくて描けなくなると思って、フラメンコを始めました。中川恵子先生のご指導が楽しくて、楽しんで踊っています。踊り手さんの腕や指先、顔の角度や足のつま先の向きなどが「ハルノウタ」につながりました。人魚のしっぽは、長いスカート「バタ・デ・コーラ」を蹴り上げる場面をイメージしています。

作品のエスキース（下絵）は昨年末にはできていましたが、そこへ今年1月1日の能登半島地震が襲いました。全国各地の一陽会の先輩からお見舞いのメールや電話が次々と。地震を心配してくださった皆さまには、「大丈夫です。柴山、絵描いてます！」と伝えると安心してもらえました。身の回りに大きな被害はありませんでしたが、災害に遭われた方々に、何のお役にも立てない自分の力のなさを思い知りました。

少しでも元気に

無力な絵描きの私にできることは描くことだけだと思いました。「春には石川県内が少しでも元気になっていますように。桜の季節に心豊かに作品を見てもらえますように」。避難所の寒さに思いをはせ、仕上げました。

現在、「ハルノウタ」は石川県内各地の現美巡回展で展示して頂いています。今回の作品が各会場で皆さんの元気や希望に少しでも寄り添えますように、と願っています。α

北陸の同人誌から

金沢学院大学副学長
水洞　幸夫

文芸において、「作品のテーマは何か」ということを口にするのは、多少のためらいがある。テーマとして訴えたいことが明確にあるのなら、文芸作品ではなく論説を書けばいいのではないか、という疑問が湧くからである。何を書きたいのか、自分でもはっきりしないが故に、文芸という形で表出しようとするのではないか。

文芸作品にテーマは不要か？

しかし、文芸作品にテーマは要らない訳ではない。「一体何を書きたいのか」という問いがなかったら、作品は意味あるものとして読者に伝わらないだろう。たとえ、最初は自分でもはっきりしていなくても、言葉を通して意味あるものを伝えようとするかぎり、「何を書きたいのか」という問いの周りに言葉が集まってきて、自ずと作品の屋台骨を形作っていく。一度書いたものを読み直してみると、なるほど、自分はこんなことが書きたかったのか、ということがはっきりしてきたりするのである。

このテーマの問題は、長編小説よりも短編小説において、より明確に意識することが必要となる。短編小説は、何を書きたいのかという、目的地が見えない旅をする余裕がないからである。それでは、小説におけるテーマはどのような形で表すのか、あるいは現れるのか。一番わかりやすいのは、主人公の変化である。最初は○○だった主人公が、最後は△△になった、とか、◇◇を行った、という初期設定と結末との対比において、作品の軸となる〈意味〉が現れる。ただし、主人公だけでは変化できない。主人公に変化を促す存在が必要となる。主人公の変化にその他者がどのような〈意味〉において関わるのかも考えなければならない。以上の主人公の初期設定、変化の様態、それに関わる他者、この3点の関係がテーマを形作る。

作者はテーマを主張するために作品を書いたのではないかも知れない。が、幹がなければ木は立たない。また立ち上がった木ならばどこかに幹がある。

今回は、『繫』6と『櫻坂』30の2誌を読んだ。

意欲作が並ぶ『繫』

『繫』の寺本親平「還流」の主人公は、継母と交わり妊娠させる。彼は生まれた女児に亡くなった実母を見て実母と同じ名前をつける。女性たちの大きな輪廻転生で成り立っている世界観がユニークである。飯田労「蒼歌」は、ミステリーだ。刑事の男性が、雑誌記者の妹と共にSM界の重鎮が殺された事件の謎を解いていく。妖しいSMの世界に主人公がはまっていく気配もあり、描写も濃密で今後の展開が楽しみである。

内角秀人「愛すればこそ」は、好きになった会社の同僚の女性と結ばれた「私」が、子宝にもめぐまれたのに、離婚を決意する物語である。「私」を追い詰めるものは、そのタイトルに明瞭に示されている。山原みどり「白いハンカチ」は、夏休みが始まったそばから、夏休みのおしまいのことを考える少女が、落としたハンカチが消えているという意外な光景に呆然とする話である。少女の中で世界の見え方が変わる実存的な不意打ちが、繊細に描かれている。

深井了「断片」は、夢の中にいるような作品である。乱暴に要約すると、思い出さなければならない過去を抱えた男が、「お前には子供がいる」という自分自身の声を聞く話である。何らかの罪から逃げているらしい男の前に、肉体関係を持った、スナックの女と家庭教師の教え子、学生運動が絡んで追われている友人などが入れ替わり立ち替わり現れる。この主人公の悪夢のような世界は、復讐の神に追われる芥川龍之介「歯車」を彷彿させる。藤野繁「おじこ」は、一念発起して立山の千寿ケ原で魚屋を開業した男の盛衰を、三男の視点を交えながら描いている。「人間は器以上の法外なことしたらあかん」という言葉に、男の悲哀が凝縮されている。

池田良治「井戸の底へ」は、続

きもの中編。井戸に落ちた主人公が仏陀と共に悪魔にたぶらかされそうになる。一方、彼の恋人はタイのチェンマイで、怪しげな導師のコミューンに引き込まれようとしている。果たして二人の運命は？　最終回を期待したい。むらいはくどう「わたしはアンドロイド」は、ＡＩ（人工知能）搭載のダッチワイフの話である。ダッチワイフの「私」と、その主の「私」が混濁し、夢想と現実も混濁していく。アンドロイドを依り代としながら、私たちの自意識とは何かを考えさせてくれる。

新たに歩み出した『櫻坂』

『櫻坂』は、30集記念号である。創刊をにない、同人の精神的な主柱として同誌を牽引してきた剣町柳一郎氏が昨秋亡くなった。新たに主幹となった望月弘氏は、『櫻坂』の新たな一歩を踏み出すにあたって、「生きることは書くこと」という剣町氏の言葉の意味を噛みしめている。

永楽屋香子「仏御前　平清盛に愛された白拍子」は、仏御前の変転に満ちた無常の人生を、簡潔な語りの中に浮かび上がらせている。吉原実「石蕗の花」は、鎌倉幕府の有力御家人、安達泰盛の半生の物語。いわゆる霜月騒動で平頼綱に斃されるまでが、テンポよく語られていく。

平野他美「海に結ぶ（下）」は、青森からスタートして金沢、長崎と旅をしながら成長した主人公が、南シナ海の孤島に流れ着く。そこで彼を旅へと駆り立てた夢が成就し、物語は大団円となる。

由井信彦「無銘の境地」は鐔づくりの名工である主人公が、肥後の名工の鐔に出会って圧倒され、さらなる精進の意欲を掻き立てられる物語。鐔の精巧な技巧や、それに圧倒される職人の心理が、読む者に迫って来る。作者の力量を感じさせる作品である。藪下悦子「紺屋坂」は、前作に続いて、〈喧嘩追掛物役〉を祖先とする家の話。この家の次男に縁談が舞い込むのだが…。不吉な予言をする老人や、武芸に長けた美少年、謎の人気読み本作家など、読者をワクワクさせる道具立てが隙なく配置されていて、しかも、それらが皆収まるところに無理なく収まっているところは見事である。

望月弘「久米之助の恋―芭蕉の

夢――」は戯曲。「おくのほそ道」の旅で芭蕉一行が山中に泊ったときの出来事を戯曲にしている。ジャンルの違いもあるが、小説よりも、人物それぞれのキャラクターがより明瞭になるように感じる。

森の遊渓「みちのく綺譚＃4」は、雄大な魂の物語である。古木の霊と合体した縄文時代の女性の恋する魂は平安時代、江戸時代、昭和と輪廻転生を繰り返し、やがて生命の息吹となって自然の中に溶けてゆく。境俊人「ナンセンス文学　お父さんは、タイムパトロール員?」は、短い話の中に、どんでん返しが何度も仕掛けられていて、どこまでが現実でどこまでが虚構なのか、めまいがするような感覚に襲われる。

皆川有子「サクラノエニシ〈特別編〉」は、その副題に「恩師剣町柳一郎先生に捧げます」とある通り、剣町氏への感謝を込めた作品である。「サクラノエニシ」は、前々号で既に完結している。主人公キナコは、居心地のいい〈サクラノエニシ〉のエニシの中心にいたのが、ケンモチ先生こと剣町氏であったことを改めてしみじみと噛みしめている。物語の最後、小説を書こうとキナコが立ち上げたパソコンの画面には桜吹雪が舞っている。「その桜色のカーテンの向こうからケンモチ先生の声が聴こえる。なんて言っているのだろう?　とキナコは何時迄も耳を澄ましてその桜吹雪を聴いている」という末尾は、美しく切ない。皆川有子のもう一編「菊の絵皿」は、ホステスが客に暴行を働くという事件を、軽いタッチで描いているが、「人を傷つけるのも言葉、救うのも言葉」というテーマ自体は真面目で重いものである。

主人公は初期の状態から、他者との出会いによって変化する。そこに小説のテーマが現れると書いたが、この見方は、現実を意味づけるときにも有効なのではないだろうか。1月1日、地震で大きなダメージを受けた状態を、初期状態とすると、この状態は必ず変化する。変化の先がどうなるのか、今の時点で結末は見通せないが。

変化を促す、どんな他者と出会えるのかも、読めない。出会いは偶然に左右される。しかし、よりよき未来への意志と他者を受け入れる柔軟性があれば、偶然は必然となるのではないだろうか。α

労働者の生活と雇用の安定を図るための強制加入の社会保険制度として、雇用保険がある。失業した場合、失業手当が支払われる。

しかし、日本の受給者割合は著しく低い。1984(昭和59)年までは50%を超えていたが、その後は低下し続け、2021年度は22・7%に落ち込んだ。OECD(経済協力開発機構)加盟国35カ国の中の受給者割合では、日本は31番目の低さで、ドイツやフランスなど上位12カ国の受給者割合は6割を超えている。

原因の一つは、受給資格が厳しいことにある。

1947年の失業保険法制定以来、離職日前1年間に被保険者期間が通算して6カ月以上とされてきた受給資格は、2007年改正により、倒産・解雇など会社都合で離職した「特定受給資格者」、契約期間満了・心身障害・妊娠・出産・パワハラ等の「正当な理由」がある自己都合退職者を含む「特定理由離職者」と、それ以外の一般受給資格者とが区分けされた。

自己都合退職でも、「正当な理由」があれば6カ月で足りるが、「正当な理由」がなければ、離職日前2年間に被保険者期間が通算して12カ月以上あることが必要となった。これに伴い、従前の要件であれば受け取り可能であった約45%の人の受給資格が認められなくなった。

しかし、会社都合による離職や「正当な理由」があることを事業主が認めるのは稀で、特に労使の主張が対立した場合は、証拠資料がなければ、正当な理由として認められない。

また、劣悪な労働条件やパワハラ、職場での人間関係に起因する離職は「正当な理由」として認められるが、単に労働条件が悪い・

給与が少ない・職場の人間関係が嫌になったことによる離職が「正当な理由」のない自己都合退職だとする境界は曖昧（あいまい）である。

その結果、失業手当受給者の半数以上が、「正当な理由」のない自己都合退職として給付制限がかかっている。この現状は不合理だ。離職理由による受給資格の区別は廃止すべきである。

被保険者期間の条件も緩和する必要がある。低賃金・不安定就労の中で、失業・転職を繰り返さざるを得ず、離職日前2年間に12カ月以上の被保険者期間の受給要件を満たすことが困難な労働者は多い。より失業手当を必要とする者が、失業手当の受給資格を得にくい状況は、理不尽と言える。

２００7年改正前と同じく、一律に離職日前1年間に被保険者期間が通算して6カ月以上あれば受給資格を認めるべきだ。

給付日数が少ないことも問題であろう。１９４7年制定の失業保険法では、給付日数は一律１８０日とされていた。２０００年改正で一般受給資格者の場合は被保険者期間により、最長は１８０日だが、最短は90日までと給付日数が大幅に削減された。現在は最長でも１５０日となっている。

失業者の失業期間を見ると、３カ月未満は37％、３カ月以上6カ月未満は15％、6カ月以上1年未満は15％、1年以上は32％であり、給付日数内に就職できず、失業状態であるにもかかわらず、失業手当を受けられない労働者が5割近くを占めている。

先進諸国では、ドイツは最低6カ月・最長12カ月、フランスは最長36カ月、スウェーデンは３００日、デンマークは2年で、日本よりも失業手当の給付期間が長い。

このような諸外国の水準も踏まえ、失業手当の給付日数を２０００年改正前の水準に戻し、１８０日以上を基本とすべきである。

失業者を保護すると、失業手当を長期間受給し続けるとのモラルハザードへの警戒が出る。しかし、受給者割合が失業者4人のうちの1人を下回るのでは、本末転倒と言える。雇用保険制度を改善し、失業時の生活保障の抜本的充実を図るべきだ。α

原子力発電に伴って出る高レベル放射性廃棄物は、「核のごみ」と呼ばれる。長期間にわたり、強い放射線を出し続けることから、人の生活環境から隔離し、地下300メートルより深くに埋めて最終処分を行うことが法律で定められている。

だが、究極ともいえる「迷惑施設」だから、処分場の選定がなかなか進まない。政府は2002年から処分場を受け入れる自治体を公募し、これに応じた北海道の寿都町と神恵内村を対象に、第1段階の「文献調査」を20年11月に開始した。

さらに、先ごろ佐賀県玄海町の議会が「受け入れを求める請願」を採択し、町長は調査の受け入れを決めた。原発立地の自治体として、初めての文献調査が行われることになった。

本来なら、最終処分地の選択肢が増えることは喜ばしいことだろう。使用済み燃料は現在、ガラス固化体に換算して約4万本に達するといわれ、年々増え続けている。これらを深い岩盤に埋め、数万年から約10万年にわたって遮断する場所を、今のうちに選定しておく必要がある。

●地元合意形成に期待

北國新聞は社説で、玄海町での動きについて「文献調査に進めば、地層処分について国民の理解を深め、処分場選定に道筋をつける一歩になるかもしれない」と評価した。最終処分場は必要不可欠な施設とした上で、地元で合意形成がなされ、調査が進展することを期待する内容である。

だが、多くのメディアは、最終処分地の選定方法や地層処分に否定的だ。

今年2月、北海道の2町村での文献調査の原案が公表され、次の段階の調査に進むことが可能とされた。朝日新聞は、社説で「既存資料からの結論としては理解できるが、現在の科学的知見には限界があり、自然災害は想定の域を超える」と指摘し、能登半島地震を例に挙げた。

地層処分を全面否定している訳ではなく、「日本にふさわしいやり方については継続的な議論が必要だ」との主張である。

地層処分は日本だけでなく、原発を保有する世界の国々や研究機関が長い時間をかけ、たどり着いた結論だ。いかに議論を続けようと、世界をあっと言わせるような日本独自の解決策が見つかるとは思えない。

北海道新聞は「多額の交付金で自治体を調査に誘導する手法に問題の根本がある」「仕切り直しが必要だ」などと、公募による選定方法に疑問を投げ掛けた。

自主的に調査を受け入れてくれる自治体を、広く公募する手法に問題があるという指摘は、理解に苦しむ。逆に国が場所を指定し、自治体に受け入れを求めたら、それこそ非難の大合唱になるのは目に見えている。

大きな負担を強いて国策に協力を求める以上、まとまった額の交付金を出すのは当然ではないか。交付金欲しさに応じたといわんばかりの批判は、寿都町と神恵内村に失礼だろう。

●なぜ、地上に保管?

地層処分であっても絶対に安全とは言い切れない。その主張に異論はないが、地層処分を前提として、より安全性を高めるための議論をすべきである。

北海道新聞は、日本学術会議の提言を紹介している。廃棄物を地上に50年間暫定保管し、最終処分のための合意形成や適地選定、リスク評価を行う案である。

危険を避けるため、地下に閉じ込めようとしているのに、なぜ明らかに危険性の高い地上で保管する案が出てくるのだろう。

地層処分に反対したいが、代案がない。だから中途半端な暫定案が出てくるのではないか。最善の道は、文献調査を受け入れてくれる自治体が増え、最適地を探し出す選定作業が一歩でも前に進むことである。

（論説主幹・横山朱門）

小説

山伏

西野　千尋

楼門（ろうもん）の石段を降りると、別院通りの両側に、呉服屋、履物屋、お菓子屋などが続き、遠くに山の連なりが見えた。山の頂（いただき）は、まだ雪を残している。

石段を降りる左右には、瓦屋根をのせた漆喰塗（しっくいぬ）りの築地（ついじ）が低く延びている。築地の裾（すそ）を、つつじの一叢（ひとむら）が占めているのだが、あまりに赤いその花の色は、どうにも辟易（へきえき）とさせられる。

築地に沿う溝に、かすかに水が流れていた。溝を覗（のぞ）くと、淀（よど）みに白い腹が浮いている。小石に妨げられながら、水の流れに弄（もてあそ）ばれているのは、金魚たちだった。辛うじて自力で尾びれを動かすものもいるが、すでに命を失ったものもいる。露店の金魚すくいが、力が弱った金魚を捨てたのである。

浩一は、振り切るように顔を背け、楼門を仰いだ。上層にも下層にも屋根を持つ二重門である。大きく反（そ）り返った軒裏（のきうら）が、少年の視界に覆いかぶさるように迫ってきた。

昭和二十三年、北陸の小さな街の話である。別院前の大通りと交差した街並みが舌状台地の上に広がっていた。間口のある千本格子の家が続いているのは、かつて、絹織物の商いで栄えたことの名残であった。祭りの日には、六基の山車が、千本格子の間を引き廻されることになっている。

田植えを終えた後の祭りには、近郷の村から多くの人が見物にやってきた。別院前に並んだ露店を冷やかす楽しみは、子どもたちだけのものではなかった。

手ぬぐいで鉢巻きをした香具師のテントが溝を背にしてひしめき、人の波がその前を動いていく。

戦争は終わっていたが、国防色といわれる青みを帯びた褐色の洋服と同じ色をした国民帽のままの男たちも多かった。

浩一は、祭りの雑踏が好きであった。ひとつ、ふたつ、と数えるのも、もどかしく感じられる程おびただしい露店が目の前に並んでいる光景は、心をときめかせるのに十分であった。

浩一の「村」の社、「神明はん」の祭りには、二つか三つの露店が鳥居の傍に座を占めるのが関の山であった。隣村の子どもたちとは、わが「村」の祭りにどれだけの露店が出るか、数を競い合った。その数が一つでも優れば、わが「村」にとっては、大いに誇るべきことであった。

香具師の前に顔を突き出し、子どもたちは戸板に並んだ品物を吟味していた。

長く、長く続くテントの一画が切れた所に、ガマの油売りがいた。濃紺の袴をたくし上げ、長い鉢巻きを背に垂らし、襷がけをした男は刀を振りかざし、切れ味の良さそうな白刃を光らせている。

突然、右手の刀で左手の和紙を半分に切った。そのままさらに刀を操って和紙を半分にする。そうして生まれた細かな和紙を、ふうーっと空に吹き上げた。周囲の見物人から「おおっ」と感嘆の声が上がった。

男はそのまま顔色を変えずに白刃を二の腕にあてた。一筋の血が流れ出る。また、どよめきが起こった。

「こうやって血を流すと、今日も、牛肉をたらふく、食わんといかんことになるのや」

男はそう言うと、大げさに貝殻を取り出した。中に納まった糊のようなものを指に取って傷口に塗りこんだ。それを客の目の前に示すと血の糸筋は消えてしまっていた。


人のざわめきを耳にしながら、浩一は人垣を縫って道に出た。

戸板におもちゃを並べた店があった。三角に切った、こんにゃくを串に刺して味噌を塗った「あんばやし」の店があった。

浩一は、手に握っている十円玉の数を確かめた。三つある。汗にぬれてはいるものの、増えてもいないし、減ってもいない。無言で、そのままいくつかの露店の前を通り過ぎた。

十円玉三つは、「街」の祭りに行くと言ったとき、祖母がくれた。


「ジンジョウでもでこうなったさかい、三つやるわ」

祖母は笑いながら、そう言った。

浩一は、十円玉を三つもくれた祖母の顔をじっと見つめていたのだが、祖母の言う「ジンジョウ」という言葉は好きではなかった。

「尋常小学校」というらしいのだが、今では「ジンジョウ」は取れて、単なる「小学校」である。祖母が「ジンジョウ」という言葉を口にするたびに浩一は顔を顰めていた。

そうは言っても、十円玉三つはありがたかった。浩一は、通学用の鼠色の服を着て、「街」へと急いでやってきたのである。

桜並木の両側には田植えを終えた水田が広がっていた。人の姿はない。

水面に苗先を少しばかり覗かせている田んぼを抜けて、橋を渡って坂を上る道は「街」の商店街へと続いていく。台地の上に長く伸びた商店街を抜けると、また坂道となる。そこを下ると、鉄道の終着駅があった。

浩一に興奮をもたらしてくれる存在だったが、危険があった。

街の小学生たちは、体格の小さな浩一を見逃さない。手ごろな標的とばかりに集団で襲い掛かってくるだろう。

「街」と「村」の子どもたちは、何かにつけて、いがみ合っていた。

橋を渡ることは、互いの領域を侵すことに等しい。「敵」に見つかれば、たちまち打擲されてしまう。

一人で出掛けたことを迂闊だと思ったが、もう手遅れだった。祭りの雑踏に入れば、街の小学生たちの一団に見つかっても、人混みの中をくぐり抜けて逃げおおせることができるが、坂道を上る数百メートルの道ばかりは、隠れる場所がない。身を晒したまま進まねばならない。警戒して進むよりなかった。

囃子と若者の掛け声が聞こえてきた。街外れの町内による獅子舞であろう。浩一の村には、獅子舞がない。笛の音が聞こえてくるだけでも心は弾む。少しばかり身体が音のする方角へ向きかけたが、踏みとどまった。

苦い記憶がある。昨年、同じ学級の友達と、街の秋祭りに出掛けた時のことだ。獅子舞に近づき、華麗な躍動に見とれていると、突然誰かに両腕を掴(つか)まれた。ぐいぐいと後ろに引っ張られていった。友達も同じように連行される。

　刈り入れの終わった田んぼには、積み藁(わら)があるだけであった。街の小学生が五、六人もいて、にやにや笑いながら、その真ん中へ二人を引っ張っていった。

　獅子舞の音が遠のいたところで、

「よお、来たな」

　年かさの男の子が、にやにや笑いながら吐き捨てた。

　同時に、周りの男の子が浩一の腹を蹴り、顔を平手で数発殴りつけてきた。

　大柄な友達には、殊にその仕打ちがひどいようであった。

「眉間(みけん)と鳩尾(みぞおち)と急所をやったらあかんぞ」

　腕組みをして様子を見ていた年かさの男の子が言った。せめてもの情けということか。顔面をまっすぐ殴ること、鳩尾を打つこと、急所を蹴り上げることは子どもたちの不文律として禁じられていた。

　田んぼの泥をつけたまま倒れこんだ二人を何度も振り返りながら、悪童たちは、「ざまをみろ」と捨て台詞(ぜりふ)を残して、獅子舞の人混みへと消えていった。

　あの時の痛みが鮮明に蘇(よみがえ)ってくる。浩一は、足を早めた。額の汗がだらだらと流れて、服の袖で汗を拭(ぬぐ)った。

　緩い坂道を上っていくと、傾斜に従って山吹の黄色の花が続いている。人けのない坂道をたどり、頭上を覆っていた木陰から抜け出すと、日差しが顔に当たってきて、額の汗をさらにせわしなく拭わねばならなかった。

　別院の楼門が見えてくると、人のざわめきが一挙に近くなった。浩一はやっと安堵(あんど)した。

　露店のテントが切れたあたりで、人垣の中から大きな声が聞こえてきた。

　頭に頭襟(ときん)を載せ、結袈裟(ゆいげさ)を肩に下げ、草鞋(わらじ)を履いた白装束の山伏が、抑揚のある口調で話している。

傍らにある七輪の火の上に和紙を広げて米粒を載せて呪文を唱えると、その声に応じるように米粒は立ち上がり、紙の上でそのままの形で跳ねた。

米粒は、呪文の声の大きさに従って、跳ねる高さを増していったが、声が収まると静かに紙の上で止まった。

山伏が続いて取り出したのは、掌に収まる程に切られた和紙であった。

それを観客の目の前に突き出した。何の変哲もない小さな紙である。

「これは、不思議な紙だぞ。さっき祈祷しておいた紙や。この紙に、皆の衆が、疑問に思うとることを書いて、こうやって火にかざすとな、答えが出てくるのや」

疑問の声が起こり、互いに顔を見合わせている。

「嘘っぱちやと思うやろう。試してみよう。誰でもよい。尋ねたいことを、この紙に書いてみてくれ」

二人、三人と手を上げて、鉛筆で書いた質問を山伏に手渡した。

「戦争に行った夫の知らせは、戦争が終わってもまだないが、もしかして、生きとるのやろうか」

山伏が文字を読み上げた。浩一は雷に打たれたように固まった。そして下から見上げるように、大人たちをうかがった。

天皇の「玉音放送」があったのは、昭和二十年八月十五日のことだった。それから何年も経っているのに、戦死の知らせが届く。片や突然復員して家族の前に現れる人もいた。

日本放送協会のラジオ番組には、「尋ね人の時間」というのがあった。中国大陸などで生き別れとなった人の情報を求める放送だった。茶箪笥の上のラジオからアナウンサーの声が流れる。「尋ね人」の名前を、浩一は漠然と聞いていた。電波が不機嫌に波を打っていた。

山伏は、神妙な顔つきで火の上に用紙をかざした。なにやら文字が浮かび出てきたようである。

人々は、身を乗り出して山伏の声を待つ。にこやかな表情で山伏は、その用紙の文字をゆっくり読んだ。

「陰膳（かげぜん）を据えて、毎日お参りしてください。生きておられます。どこにおられるかは分からんけど、食べ物に苦労しておられるようやさかい」

山伏は、そう言うと、小さな紙切れを婦人に渡した。婦人は、涙を拭いながらその紙を両手に捧（ささ）げ持った。何度も山伏をおがむ。祈祷されたこの紙を売るのが山伏の商売のようであった。

浩一は、握りしめた十円玉を、こぶしの中で動かした。

「どうですか。まだ、お答えをしておらんのがある」

そう言うと、再び、鉛筆で文字の書かれた用紙を手にしたが、その紙を人々の顔の前に突き出すと山伏は憤怒の表情を露（あらわ）にした。

「こんなことを書いたのは、一体、誰や。罰当たりめが！　こんな質問に、答えなんか出てこんぞ」

怒りながら、その文字を読んだ。

「世界一の大バカ者は誰だ、と書いてある」

山伏がそれでも炎で紙をあぶると、なにやら文字が出てきたようである。数人が小声で、何か見えると言っている。

山伏は、驚くように用紙を眼に近づけるとその文字を読んだ。

「お前だ」

という文字が現れたらしい。

驚嘆の声と笑い声が同時に起こり、幾人もの人が手を差し出して、その不思議な紙を買い求めていた。

三枚で五十円という。

浩一は後じさりするようにしてその輪から遠ざかった。

日差しも次第に弱くなり、汗が引いていった。浩一の着ている通学服が程よい温もりを感じさせた。

十円玉三つはまだ手の中にあったが、浩一は、露店の前を何度も行き来した。

テントの周りの人だかりは一層増えたように思

える。ガス灯の匂いも漂い始めたが、山伏の周りに人の輪はもうなかった。

遠目に見ていると、山伏は、笈の中に道具を収め、二つの大きな風呂敷で包んでいた。

山伏は、笈を担ぎ、両手に風呂敷包みをもって、どこかに向かって歩き出した。しばらくその後ろ姿を見ていた浩一は、そっとその後をつけた。

警戒を怠らなかった。「あいつら」に見つかったらひとたまりもない。

街並みから逸れた傾斜のきつい坂道を降りて、街外れの家の前で立ち止まった。

仕舞屋のようであったが、看板を出していない旅館のようでもあった。軒下に立って荷物を直している山伏は、ふと後ろを振り返った。

目が合って、浩一は視線を外した。驚いたように、山伏は、

「おお。ぼうーか」

と言った。さっき大人に挟まれて山伏のなすことを見ていた少年のことに気づいていたのかも知れない。怪訝な眼差しを注いでくる山伏の姿に、浩一はすぐに踵を返して走り去った。

「ゆっくりしとったな。なんか、いいものを見つけて、買うてきたか」

浩一は、右手の中にある十円玉を握りしめた。

祖母は、担いでいた農具を納屋にしまおうとしている所だった。掌にまだ十円玉があることに祖母が気づくのではないかと恐れ、身体を捩った。

「あんちゃんは、本当に、死んでしもうたのやろうかね」

思わず浩一の口をついて出た。暗くなってきた空の下でも、驚いている祖母の様子が分かった。

「なにを、あほなことを言うとるがや。あんちゃんの戦死の知らせを、役場の人が、去年、届けてくれたやろうが」

浩一は役場から届いたというその書類を見ているわけではない。ただ、母親や祖母の涙、家の中を、慌ただしく動き回る人の様子でそれと知ったのである。

国が、兄の死を知らせてきたのは、昭和二十二

年八月であった。終戦から二年も経っていた。

そこには、戦死の場所と日付が書いてあった。死亡の場所は、「比島クラーク地区」。フィリピンで戦死したのである。

死亡の日付は「昭和二十年四月二十四日」とあった。

フィリピンのクラークは、もともとアメリカ軍の重要基地だった。昭和十七年、日本軍は比島に攻め込み、クラーク米軍基地に攻撃を加え、一帯を制圧した。しかし、昭和二十年一月、反攻してきた米軍に奪い返され、激しい戦闘が繰り返された。

「神風特別攻撃隊」、最初の特攻隊が、マバラカット基地から出撃したのは、昭和十九年十月のことだが、地上でも海でも空でも多くの戦死者が出た。

航空機を操る戦死者の中には、多くの「予科練」出身者がいた。攻撃機を操縦していた兄もその一人だったらしい。


浩一は、「あんちゃん」のことをしばしば思い出す。膝に抱かれた幼い自分の記憶は、覚束(おぼつか)ないにせよ、高等小学校に通っていた兄の、通学服に染みついた匂いは不思議に蘇ってくる。兄は、年の離れた弟を呼び寄せては、膝の上に抱いた。

柔和な眼差しで、か細い声で弟の頭の上から話しかけていた。

その兄が急にいなくなって、浩一を手招きする者もいなくなった。姉が二人いたそうだが、浩一が物心つく前に世を去っている。

兄は、茨城県の「霞ケ浦海軍航空隊飛行予科練習部」に入隊した。横須賀の追浜(おっぱま)から移ったばかりの航空兵の養成機関だった。少年がこの予科練に志願することは大いに称揚された。しかし、大人たちの間では、いずれ徴兵で死地に向かわねばならないのにと、冷ややかに語る者もいたのは事実だった。

亡き父は、もともと頑健な男であった。シベリア出兵で召集されて大正十年、能登の七尾港からウラジオストクに渡り、ロシア沿海州の都市で従軍した。中華民国を相手として昭和十二年に始まった長い戦争では、再び召集された。大陸から早い段階で復員して浩一をもうけると、ふとした病で、あっけなく死んでしまった。

兄が予科練に進むと言った時、母も祖母も狼狽(ろうばい)し、反対したそうだ。

あのおとなしい子が、厳しい訓練に耐えられるだろうかと、まず考えたようである。そして、戦場が次第に輪郭を帯び、死へと近づいていくことに二人は身震いした。特に母は、激しく抵抗したが結局、生計のことを考えた。息子を送り出すしかなかった。


母と祖母と優しい兄が残っていたのだが、兄もまた予科練へと消えていった。父も兄もいなくなり、家の中は、空虚になった。

予科練に入った兄が休暇で帰ってきたことがあった。駆けつけた友人たちを相手に、団扇(うちわ)で自らを仰ぎ、大きな声で語り、そして笑っていた。たくましくなったと言えば、そういうことにもなるだろうが、母の不安は大きくなった。

訓練の厳しさを笑いながら友人に語っていたが、「スイコウ」と呼ばれていた官立水戸高等学校との間で行われたラグビーの試合を特に得意げに語っていた。

「勢いが余って、反則をするやつが多いんだよ。俺もその一人だったがね」

一段と大きな声で笑った。母は、これがわが子なのかと信じがたい思いで聞いていた。


予科練が終わった後は、いくつかの航空基地を転々として訓練を積んでいたらしいが、どこで何をしている、という知らせはなかった。

すでに前線に出ているのではないかと案じていた時、兄は突然家に帰ってきた。

何のために帰ってきたのかとも言わなかった。

どこの基地にいるかとも言わなかった。

胡坐(あぐら)をかいたままで、ものも言わない。近づきがたい程に鋭い目を周囲に向けていた。

服装もちぐはぐであった。航空服が軍隊の制服の下から覗いているのである。

とにかく急いでいるのが分かった。すぐに帰らねばならないと何度も言った。祖母がありったけの食べ物を前に置いたが、それには目もくれず、急に立ち上がったかと思うと、狭い家を駆け巡るように走り出した。そんな兄をこれまでに見たことがなかった。

階段を音を立てて上り、二階の部屋の隅々まで目をやると、納得したように頷き、押し入れを開け、何かを見届けるようにじっと見つめると、慌ただしく、階段を駆け下りた。

祖母は、しばらく後を追っていたが、諦めたように立ちつくした。

そして茶の間の座布団に座ると、今、気が付いたかのように、目の前の料理を平らげた。

そして、茶の間を何度も見廻した。兄の視線がどこに向けられているのか分からぬが、もはや、母や祖母には向いていなかった。


浩一は、一言も兄と言葉を交わすことができなかった。手招きもしなかったし、その膝近くに寄ることもできなかった。目の中に、自分が過ごしてきた家の全てを、焼き付けておこうとするかのようだった。最後に柱時計を見納めると、

「もう、行かねばならない」

そう言って風呂敷包みを手にした。そして無言で母を、祖母を見つめた。

最後に浩一にまっさらな目を注ぐと、葉の落ちた桜並木に向かって、駆けていった。

浩一が兄の姿を見たのはそれが最後であった。


戦争が終わり、「国民学校」と呼ばれていた「ジンジョウ」の名は「小学校」へと変わり、戦地から帰ってきたという人の姿も、あちこちで見かけるようになった。

それでも兄の便りはない。母も祖母も、毎日歯がゆい思いで過ごしていた。

隣村のいとこは、浩一の兄にあこがれて予科練に進んだ。爆撃機を操って戦地に赴いたという。

終戦後もずっと生死不明だったがある日突然、帰宅してきた。北海道の千歳で作戦準備をしている時に終戦を迎え、宮城県の松島の原隊に戻って、そこで部隊は解散したのだ。やせて眼光が異様に光るいとこの姿を前に、家族は、現実のこととして信ずることはできなかった。

浩一の母も祖母もその話を聞いて、わが子、わが孫の生還に一縷（いちる）の望みを託していた。一年が過ぎても便りはない。終戦からちょうど二年の昭和二十二年八月、戦死の知らせが届いた。

母の落胆を大きくしたのは死亡の日付であった。昭和二十年四月二十四日。

あと四カ月足らずで、戦争が終わるはずだった。

「もう少し早く戦争が」

と母は、思わずにはいられなかった。

兄の墓には遺髪ばかりで、遺骨がなかった。

それなのに、小学生の息子がいきなり、

「あんちゃんは、本当に死んだのか」

と姑（しゅうとめ）に尋ねるから、母は怒りに身を震わせ、二人の傍から遠ざかった。

浩一は、兄が既に死んでいるということを、どうしても信ずることはできなかったのだ。

「あんちゃん」は、今日にでも不意に、玄関先に現れるようにも思える。桜並木の下から、ゆっくりと歩いてくる姿を、幾度となく想像した。通る人の姿がすべて「あんちゃん」のように思えてくる。しかし、人影がはっきりすると、爪先の石ころを思い切り蹴って家に戻った。

人の生死が分かるという不思議な紙のことを知った以上、浩一は兄の死がほんとうのこととは思えなくなってきた。

祈祷された小さな紙を買って、兄のことを尋ねてみたいと思う。しかし、山伏に手を伸ばした大人の手には、十円玉が五つもあった。

浩一には三つしかない。

あと二つ。祖母に無理を言って、五つにしようかと思ったが、言い出せないでいた。

あくる日も「街」の祭りは続いていた。香具師が顔を並べる別院の楼門の前に行った。無論、街の小学生たちの姿を警戒しながらである。

香具師たちは、リンゴ箱の上に戸板を置いて、商品を並べていた。

人通りはまだ多くないが、浩一はすれ違う若い男性の背後を、じっと目で追っていた。中には小学生の視線に追われていることに気づいて振り向き、不審そうに険しい表情を向ける人もいた。

浩一は、妙なことを考えていた。すれ違う人は「あんちゃん」ではないだろうか、と。背や体つき、顔までも変えて歩いているのではないか、と。祭りの雑踏には、これだけたくさんの人がいる。桜並木に消えた「あんちゃん」が歩いてもいいはずだと思っていた。浩一は商家と土蔵の間の路地に姿を隠すようにして、通り過ぎてゆく人を飽かずに見ていた。

そこへ、山伏が現れた。

露店のテントが切れた所で、緩慢な動作で七輪を置いていた。あくびを堪(こら)えながら。例の紙を出す準備に、時間はあまり掛からない様子である。

やがて、山伏は床几(しょうぎ)に腰かけた。ぼんやりと辺りを見渡しているが、集まってくる人は、皆無だった。

浩一は、身を隠して待っていた。
二、三の男が山伏に近づいたが、なにやら雑談をしているようだった。
男たちが去っていくと、山伏は立ち上がり、辺りを見廻した。

突然、視線を止めた。物陰に潜み、こちらをうかがう浩一を見つけたのである。山伏は何かをつぶやいたが、雑踏に紛れて声は届かない。山伏はだんだん近づいてくる。浩一は慌てて、その場を離れて、路地の奥に姿を隠した。

山伏は、昨日、自分の後をつけ、宿屋まで追いかけてきた少年のことをはっきりと覚えていた。見物の客に混じって耳を傾けている子どもなど、これまでに覚えがない。

紙に書いた質問は、ほとんどが大人の関心事であったから、小学生ぐらいの子どもが興味を持つとはまず考えられないのである。しかも、二日連続でやって来た。一体、どんな関心が、この少年を導いているのだろうか。

見物人はまだ集まっていない。

山伏は、一歩前に出て、道路を渡ろうとした。何を知りたいのか、聞いてみたいと思ったのである。しかし、小柄な少年はその様子を見るや、素早く走り去っていった。


露店の前を行き来する人の数が増えて、楼門の前は賑（にぎ）やかになっていた。

別院の庭から大きく伸びた松の木が築地の上に覆いかぶさるようにして、テントの上に影を作っている。

ようやく人が集まってきた、と判断した山伏はおもむろに立ち上がった。

長い時間が経ったように思えた。物陰になりそうな人垣ができた。浩一は、小走りで大人たちの背中に近づいた。


山伏は小さく切った和紙を取り出して、昨日と同じ口上を述べている。

客から手渡された紙に書かれた文字を読み、七輪の火にかざして、紙の上に現れた文字を読み上げる。

中には笑い声の起こるものもあった。失せものを尋ねる内容だった。山伏はそっけなく、

「それは、裏木戸の戸口のそばにある」

と場所まで言い切った。人垣からは驚きの声とともに「本当なのか」と疑問の声が上がった。

そして、その質問は、やはり出てきた。

「私の息子は」

山伏はモンペ姿の婦人が差し出した紙を読みだした。戦地に赴いた息子について、戦争は終わったというのに、何の知らせもない。戦死したという通知もない。どうしているのだろうか、という内容だった。浩一は、息をのんだ。大人の背中を掻（か）き分けて前に出ようとした。

山伏は低い声で、文字を読んだ。

「戦死しておられる」

抑揚なく断言する。頭襟が揺れて、外れそうになったように思えた。人垣の一角が崩れて、婦人が姿を消していく。表情はうかがえない。

浩一は、婦人がいたあたりを、じっと見つめた。心の中で自分自身に言い聞かせた。

帰ろう。ここから去るべきだ。

山伏は、紙切れ一つで人の生死を決める力を持っている。どんな不思議な力なのかは分からないが、この世の深淵から恐るべき真実をくみ上げて、この世の人に鋭利な刃物として突きつける。

掌に十円玉が三つしかないことに感謝した。もし、五つあったら、きっと山伏に紙を差し出していただろう。そうしたら真実の代償として「あんちゃん」はこの世から本当にいなくなってしまう。

怪異に触れたようなおののきとともに、人垣を離れると、浩一は一目散に村へと駆けた。

山伏はこれ以上、口上を続けようとしなかった。婦人の後ろ姿を見やると、さっきの少年もいなくなっていた。

何を考えて、何をしようと自分に近づいてきたのか。結局分からずじまいだった。

西野千尋（にしの・ちひろ）
1946（昭和21）年南砺市城端生まれ、射水市在住。東京教育大文学部卒、高校教諭などを経て現在は無職。

小説　爪紅を重ねる

八木　しづ

ショッピングモールの催事場に看板が立っている。

「草花絢爛　大和田野枝展」

買い物客が足を止める。ちらりと覗いて立ち去る者が半数。残り半数は躊躇いながらも入場する。

中に入ると草木染め作家の大和田野枝が出迎える。化粧っ気はなく、髪も黒ゴムでひっつめただけ。しかし着ているブラウスは深秋の黄葉のような山吹色で、ちょっとした存在感がある。展示品も、ありふれたワンピースやスカーフ、かごバッグ、コースター等なのに華やいで見えた。色のせいだ。優しい色、深い色、鮮やかな色、くすんだ色。単色、重ね、グラデーション、マーブル。草花からは想像できない色数の作品たちに客は驚く。

最近草木染めを知ったという二人組は目を輝かせていた。

「植物だから、素朴な色なのかと思ってました。ナチュラル派っていうか」

「私も初めはそうでした」

野枝は静かに微笑んだ。

「濃淡幅広い色を引き出せると知って認識が変わったんです。どんな植物でも固有の色を持っているんですよ。それから、こちら」

　糸のかせをいくつも展示してある一画に二人を案内する。全て春紫苑で染めた物なのだが、蕗の薹より尚初々しい黄緑、濃い抹茶のような緑、芽吹きを孕んだ早春の土に似た橄欖まで様々だ。それぞれのかせには『ミョウバン』『酢酸銅』『木酢酸鉄』といったプレートが付されている。

「ミョウバン、酢酸銅、木酢酸鉄は媒染剤という薬品です。色を繊維に固着させたり発色を強めたりするために用います。同じ色素でも媒染剤によってこんなに変わるんですよ」

「ケミカルなやつですか？」

　二人は怯んだように眉を顰める。不安を見て取り、野枝はすぐに口を開いた。

「茄子漬けにミョウバンを使うようなものです。ミョウバンは茄子の色を綺麗に留めてくれます。私のこのブラウスは玉ねぎの皮とミョウバンで染めました」

「玉ねぎ？　はあ」

　二人の反応は鈍い。野枝は内心でちょっと笑った。本当に、身近な植物が染めくさになるのだ。空き地に蔓延る葛や落ちている木の枝、キッチンで出るコーヒーがらでさえも。しかし初めは藍染めや紅花染めなどの有名どころを求める者が多い。

「こちらはどうでしょうか。藍染めですけれども」

　濃青の扇子を手で示す。二人は予想通り歓声を上げ、野枝は安堵して他の客に目を向けた。ちょうど、中年の女に付き添われた老女が入ってくる。独居している母えり子と、えり子の弟子だった村井だ。

　野枝が慌てて足を向けようとすると、えり子は「いいから」とでも言うように片手を上げてみせた。記帳を済ませ、村井と共に一介の客のような顔で展示を見て回る。一度も染めたことのない白髪は豊かに波打ち、顔は身だしなみ程度の薄化粧。ずっと着ていた着物はさすがにもうやめているが、着付け教室を営んでいた頃の名残で背筋は真っ直ぐだ。

昔から、凛という言葉の似合う人だった。しかし父はこの母を近付き難い(がた)と評した。父はずいぶん前に他界している。

客足が落ち着いた頃を見計らい、村井に促されたえり子が野枝の元へやってきた。

「邪魔になるから」

えり子はしきりに遠慮しているが、村井は「そんなことないですよねえ？」と野枝に笑いかける。野枝は肯き(うなず)、えり子の手を取った。

「来てくれてありがとう」

「大きなハコね。準備が大変だったでしょう」

「好きでやってることだから」

「子供の頃とおんなじ」

からかうような口調だが、えり子は満足そうな笑みを浮かべている。母に褒められたようで野枝はちょっぴり誇らしかった。昔から草花が好きだった。学校の朝顔の花で色水を作ったり、畦道(あぜみち)の蓬(よもぎ)の葉をすり潰してふきんを染めたり。その度に手や服を汚してえり子に苦笑いされたものだ。

「娘さんが染め物作家さんだってこと、初めて知ったんですよ。大和田先生ったら全然教えてくださらなくて」

横から村井が言う。えり子は「だって」と口元に手を当て、穏やかに笑った。

「子や孫のことしか話題のない年寄りにはなりたくないもの。ああいう方たちって、ご自分の人生はどこに行ったのか不思議だわ」

「そうですねえ、先生はご立派ですもんねえ」

村井はにこにこしながらえり子の手を引き、展示の前へ戻っていく。野枝は無意識に深く息を吐いた。あの母といると今でも少し緊張する。母がきちんと髪を結って和服を着ていた頃の記憶が抜けないのかもしれない。同時に思い出すのは父の愛人だった女のことだ。彼女は見た目も生き方も放恣(ほうし)だった。

子供の頃、家の隣に古い日本家屋があった。塀にぐるりと囲まれた大きな平屋で、庭も広い。そこに一人の女が引っ越してきて沢山(たくさん)の草花を植えた。色とりどりの花が気ままに咲き乱れ、蜜の香りが野枝の家にまで漂ってくるようだった。それに誘われたというわけでもあるまいが、父はすぐに女の所に出入りするようになる。

　えり子は父を咎めようとしなかった。代わりに、女に関する様々な噂を聞き込んできては野枝に聞かせた。女の名が海野ユイであること。何度も離婚歴があること、色々な男と付き合ったり別れたりを繰り返していること。他にも、家の明かりが朝まで点いているとか、回覧板を持っていくとパジャマのまま出てくるとか。

　ユイのことを、えり子はよく「どんな生活をしているのかしら」と言っていた。「何をして生計を立てているのかしら」という言い方のこともあったし、「うちのお父さんじゃお手当てひとつ渡せないでしょうに」と溜息をついたこともある。確かに生活費をどう得ているのかよく分からない女ではあった。加えて、彼女の家から時々漂ってくる酸っぱいにおいが不審に拍車をかけていた。酢だろうかと野枝は思ったが、ただの酢が家の外まで臭うわけがない。

　そのうち、あの家は妾宅なのだと誰かが言い始めた。塀と庭が家を隠してくれるのでそういう目的にぴったりなのだと。実際に昔、政治家や財界人が愛人を囲っていたそうだ。

「男性からお金を引っ張って暮らしているのね」とえり子は言った。「これからの時代、そういう生き方って心配だわ」とも。野枝が母の言い方にうっすら嫌悪を覚えるようになったのはこの頃からだったかもしれない。自分が思春期の入り口に立っていたせいもあるだろうが。

　とはいえ野枝だってユイにいい印象を持っているわけではなかった。近所で見かけるユイは決まって化粧がきつく、爪も赤や青に塗り立てられていた。派手というより毒々しくて、野枝は眉を顰めながらユイを目で追い続けた。

　同じ頃、野枝の友人たちはメークやファッションに目覚めつつあった。仲間内でまず流行ったのがマニキュアだ。いきなり顔に何かを塗るよりは爪に色を乗せるほうが易しいし、コロンとした瓶に入って並ぶカラフルなマニキュアは宝石のように美しい。友人たちはコンビニやドラッグストアをはしごしてマニキュアを買い集め、競うように塗り合った。

野枝は無関心を装っていたが、我慢できなくなって一度だけ塗ってもらったことがある。指先にぱっと光が灯ったようで、思わず「わ」と声を上げてしまった。友人たちも目を輝かせ、「似合う！」と口々に言ってくれた。

マニキュアを落とさずに帰宅すると、えり子が深く溜息をついた。

「こんな手で家事をするつもりなの？　見た目も大事だけど、中身のほうがもっと大事よ。みんな最後は皺くちゃになるんだから。お母さん、あなたが誰かさんのような人間になったら悲しいな」

誰かさんとはユイのことだと読み取った野枝は改めてえり子を観察し、彼女の化粧が必要最低限でしかないことに気付いた。ああそうか、と思ったので粧うことへの興味の全てを封印した。そんな娘に母は満足したようだった。

「ちゃんとしていれば人は見ていてくれるものよ」

えり子の人生はその言葉通りだったと野枝は思っている。しかし父は戻らなかったし、ユイもある出来事をきっかけに姿を消したままだ。

個展が無事終わり、野枝はえり子と共に老人ホームの見学に赴いた。そうしたいと言い出したのはえり子だった。自宅で最期を迎えたいと言っていたのにと野枝は首を傾（かし）げたが、本人が望むなら断る道理はない。

　ホームの担当者は笑みを絶やさない人物で、高齢者をいかに尊重しているかを優しい言葉で説明してくれた。えり子もにこやかに応じている。彼女の受け答えが常に明瞭（めいりょう）なので、担当者は感じ入ったように野枝に言った。

「お母様、しっかりしていらっしゃいますね」

「寄る年波には勝てません」

とえり子が応じた。

「先月、家の中で転倒した時はヒヤッといたしました」

　初めて聞く話なので野枝は「ええっ？」と声を上げてしまった。

「すぐ知らせてよ」

「打ち身で済んだから大丈夫。だけど、もし骨折でもして動けなくなっていたらと思うとね。あなたたちに毎日来てもらうわけにもいかないし」

「ごめんなさい。本当は毎日行きたいくらいなんだけど」

　村井と交代でえり子を訪問するようにしているが、自分たちの生活もあるので頻繁には難しい。しかしえり子は「いいのいいの」と朗らかに笑った。

「これ以上負担をかけたくないのよ。だからホームのお世話になれないかと思って」

　そういう歳よね、と付け足すえり子に野枝は複雑な首肯を返した。ほっとした半面、母の老いを見たようで少し寂しい。だからこそこのまま穏やかに過ごしてくれればとも思う。

　しかし野枝の胸には村井の言葉が引っ掛かっていた。施設入居のことを村井に話した時、彼女は賛同しつつも眉を曇らせたのだ。

「先生、ちゃんと溶け込めるでしょうか」

　確かにえり子の流儀は他者と調和的とはいえない。それに、ホーム内で孤立してしまった高齢者の例なら野枝もいくつか聞いたことがある。人と交われない入居者は大抵自室にこもりがちになり、鬱(うつ)や認知症に進むことも少なくないそうだ。

担当者の案内で野枝とえり子はエレベーターに乗った。二階に着いてドアが開いた途端、温かい空気がふわりと寄ってくる。大きな窓から陽(ひ)がいっぱいに射(さ)し込んでいた。窓際にはソファが並べられ、高齢の男女がお喋(しゃべ)りをしている。

「談話スペースです。入居者さまはみな仲良しなんですよ」

中心にいるのは華やかに化粧をして着飾った老婆だった。

「あの女性」

とえり子が眉を顰めた。

「随分しっかりお化粧をしていらっしゃるんですね。ああいう方が主流なんですか?」

「そうですね、女性の半数くらいは。男性も身だしなみに気を遣う方が多いです」

えり子は一層眉根を寄せた。

「この歳になってまでご自分を飾るんですか。私にはない感覚なので驚きました」

「色んな方がいらっしゃいますよねえ」

担当者の応対はあくまで柔らかだ。

「うちに限って言えば、ケアビューティストさんに来ていただいているせいもあるかもしれません。ご病気の方やご高齢者専門のメークさん」

「まあ……私、お化粧はあまり……」

「あ、もちろん希望者だけです。うちと付き合いのある専門学校にケアビューティスト科が新設されまして、学生さんが実習に来られるんですよ。楽しみにしている入居者さまも多くて。施術を受けると元気が出る、気持ちがシャンとするって」

「化粧することが幸せとは限らないと思いますけど」

と口を挟んだのは野枝だった。つい言葉が滑り出ていた。担当者は「仰(おっしゃ)る通りです」と肯き、続けた。

「だからあくまで希望者だけ。興味を示さない入居者さまもいらっしゃいます」

帰り際に渡された書類の中にケアビューティス

ト訪問のチラシも挟んであった。専門学校の学生と、ＭＩＳＡＫＩという講師が来るそうだ。彼女はＳＮＳ（会員制交流サイト）でインフルエンサーとしても活躍しているという。

帰りの車の中でえり子はチラシを見つめながら仏頂面をしていた。入居希望者も、予約をすればケアビューティストの施術を受けられるとある。

「こういう催し、行ったほうがいいのかしら」

呻くようにえり子が言い、運転席の野枝は眉を持ち上げた。

「興味あるの？」

「お化粧はどうでもいいのだけど、周りと打ち解けてみたらどうですかって村井さんに言われたから。だからってお化粧なんてねえ」

「無理にしなくてもいいと思うけど」

野枝は交差点で停止し、右折のウインカーを出した。対向車線の流れがなかなか途切れない。

「場にいるだけでも交流にはなるかもよ。申し込んでおこうか？」

「ううん、そこまでは……」

えり子はぶつぶつ言いながらチラシを睨みつけている。

母を実家に送り届けた後、野枝はスマートフォンでＭＩＳＡＫＩのことを検索した。どこかで見たような顔だと思ったからだ。ＭＩＳＡＫＩのインスタグラムアカウントはすぐに出てきた。彼女が自分の顔にメークしていく動画を観て、野枝は思わず「あっ」と声を上げる。これはユイではないのか。化粧も髪形もすっかり変わっているが、素顔までは変えられない。

更に検索したところ、活動名がＭＩＳＡＫＩで本名は海野ユイであることが判明した。右の手の甲から前腕にかけて見覚えのないタトゥーが入っている。濃い赤紫の、牡丹柄。いかにもユイらしいと思いながら野枝は放心した。亡霊でも見たような気分だった。

翌々日、えり子がケアビューティストの訪問を見学したいと言い出した。ユイのいる場であることを考え、野枝はひとまず返事を保留した。チラシの顔写真が小さかったので目の悪いえり子は気

付かなかったようだが。

考えあぐねて、草木染めの宣伝に使っているインスタグラムからＭＩＳＡＫＩにダイレクトメッセージを送った。野枝個人としても彼女に話さなければならないことがあった。

半日ほどして返事が来た。

〈お久しぶりです、と言っていいかどうか分からないけど。確かにあたしは海野ユイです。大和田さんのことも覚えてるよ〉

文面を読みながら、野枝の脳裏で陽炎のように記憶が立ち上がる。

海野家には沢山の花が植えられていたが、あっという間に雑草だらけになった。えり子はもちろんそれを把握しており、「心配だわ」と繰り返していた。

「お庭の手入れをする暇もないなんて、よっぽどお忙しいのね。目の前が荒れ放題では気持ちも沈むでしょうに」

ある夏の日、野枝はえり子から海野家へのお使いを指示された。ユイの元で寝起きし始めた父に着替えと食べ物を届けるようにとのことだった。

「海野さんはご自分のことで手一杯でしょうから、お父さんの面倒はうちが見てあげないと。それから、草むしりも手伝っておあげなさい」

えり子はあくまでにこやかに言う。もちろん野枝は気乗りしない。父の愛人の家へ行くなんてという思いもあるが、母の言葉も、透けて見える思惑も気持ち悪かった。けれど母をそう駆り立てたのはユイと父なのだとも思う。今の母は、こんな風に振る舞わなければ自分を保てないところまで追い込まれている。

　恐る恐る海野家を訪ねて声をかけた。返事はない。二、三度呼びかけても同じだったので庭に回ると縁側でユイが昼寝をしていた。野枝は初めて間近で見るユイに釘付けになった。ほぼノーメークなのか、目鼻立ちがやけにぼんやりした印象だ。しかし野枝の注意を引いたのはユイの爪のほうだった。黄色と紫を市松模様に仕立てた、大層鮮やかなネイルアート。

「なに？」

と、低い場所から声が湧いてきて両肩が跳ねた。いつの間にかユイが目を開いてこちらを見上げていた。

「これ。うちのお母さんから、お父さんにって」

　えり子から預かった紙袋を突き出すと、ユイは怠惰な動物のように体を起こした。荷物を受け取る様子はない。野枝は困り、父宛てのそれをおずおずと縁側に置いた。ユイは一瞥すらせぬまま欠伸をしている。

「あと、庭の草むしりもしてあげてって言われたんですけど」

「むしる草なんてないよ」

「え、でも」

野枝は庭を振り返った。鬼百合や向日葵なども咲いているが、雑草のほうが圧倒的に多いではないか。

　ユイは初めて立ち上がり、雑草の中に分け入った。紡錘形の葉を茂らせたのっぽの草を指す。

「これ、まだ咲いてないけど背高泡立草。黄色い花のやつ、見たことない？」

「あるかも」

「煮出すと金色みたいな黄色が出るの」

野枝は目を見開いた。ただの雑草とばかり思っていたが、言われてみればあの黄色はとても美しい。

「草花の色を化粧品に取り入れられないかと思

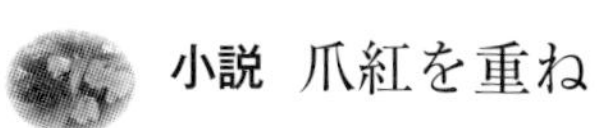

ってるんだけどねえ。これとか、韓国ではマニキュアに使われてるんだって」

と屈(かが)むユイの前には鳳仙花(ほうせんか)があった。赤や桃色、赤紫の花色は熱帯の果物のように鮮烈だ。野枝は釣り込まれるように一緒にしゃがみ込んだ。

「学校の花壇で見ました」

「ああ、あるある。別名ツマベニ。爪に、紅って書くの。花で爪を染めて遊ぶから」

「爪を……」

マニキュアの一件を思い出し、野枝は苦虫を噛(か)み潰す。ユイは首を傾げた。

「爪を染めるの、したことない？」

「お母さんに怒られるから」

お母さんという言葉を口にした途端に声が震えるのを自覚する。しかしユイは小さく噴き出した。

「洗えば落ちるって」

野枝は黙ったまま眉根を寄せた。この人は父の愛人なのに、どうしてこんな風に話しかけてくるのだろう。自分と母を傷つける悪い人なのに。

それでも花への興味は止められない。ユイが「好きに使っていいよ」と言うので野枝は父の存在を忘れて花を摘(つ)み始めた。そのしぐさがあまりに遠慮がちなのでユイが横から無造作に花をもいでいく。何度目かでユイの手が種鞘に触れ、皮がぱちんと弾(はじ)けて種子が飛んだ。鞘の、鞭(むち)のような動きが面白くて野枝も夢中で触った。熟した種が窮屈さから解き放たれて散っていく。

ユイが小さなポリ袋を持ってきて花びらとミョウバンを入れた。彼女の指示に従い、野枝は袋を石で優しく叩く。汁が浸み出してきたところでユイが花びらを取り出し、野枝の爪に乗せた。

数分経って花が外され、野枝は目をみはった。爪と周囲の皮膚が濃い橙(だいだい)色に染まっている。いいや、橙よりよほど激しいそれは黄口の朱肉に近いだろうか。手を顔の前にかざしてしげしげと眺め、ふとあることに気付いた。

「この色、どこに隠れてたんですか？」

摘んだ花の中にこんな色の物はなかった筈(はず)だ。ユイは「色と色素は同じじゃないから」とだけ言う。なぞなぞでも出された気がして、野枝は数日おきに海野家の鳳仙花で爪染めをするようになった。どの色の花でも爪は黄みを帯びた朱色になる。白い花を使った時でさえも。色素は見た目通りとは限らないと実感したのも、植物の色の面白さに胸を熱くしたのもこの時だったように思う。

しかし浮き立っていた気持ちはすぐに暗転する。近所の人が注進したのか、ユイとの関係がえり子に露見したのだ。野枝は俄かに息苦しさを覚えた。怒られる、詰られる。その思いが喉をいっぱいに塞いでいく。

えり子はまず悲しそうな顔をした。次いで静かに言った。

「あなたもあちら側なのね」

野枝はその場にへたり込みそうになった。父が帰らなくなったのに一度だって取り乱していない母。無様な姿を晒すまいと気丈に耐え続けている母。そんな母を、自分は裏切ってしまった。

以来、海野家には行かなくなった。様々な思いで胸がむかむかしていた。悲しみである気もしたし、不満である気もしたし、腹立たしさでもある気がした。海野家の庭でざわめく鳳仙花が気になって気になって、逞しい茎と尖った葉の間から覗く極彩色が忌々しくすらあった。それなのに、あの赤や赤紫はどうしても野枝の頭から離れてくれない。眠っている時でさえも瞼の裏で炎のようにちらつき続ける。

出口のない感情が日に日に濃縮されていく。

結局、あの家の鳳仙花が悪いのではないか。自分は鳳仙花に誘惑された。鳳仙花を見たのは海野家にお使いを命じられたからで、その元凶はユイと父。だから二人を懲らしめてやりたかった、自分にはその権利があると思った。とはいえおおごとにするつもりなどなかった。それなのに――。

ケアビューティスト訪問の日、野枝は再びえり子をホームに連れていった。担当者への挨拶を済ませたあたりでエントランス付近が賑やかになる。ケアビューティストの卵たちが到着したところだった。ＭＩＳＡＫＩことユイの姿もある。野枝が会釈をすると、彼女も軽く肯いてみせた。事情は伝えてあるのでえり子には近付かないようにしてくれる筈だ。

　子供のような顔の学生たちを見て、入居者たちは孫でも迎えたように目尻を下げる。学生のほうは緊張しているのか、入居者にぎこちなく話しかけながら施術を始めた。顔に色が乗るにつれて表情を明るくする女性入居者。男性入居者は顔や頭皮のマッサージを受けてリラックスしている。あちこちで穏やかな笑い声が上がり、地中から湧き出る温泉のように広がっていく。

　野枝が観たメーク動画で、ユイは「メークは心も癒やせます」と繰り返していた。半信半疑だったが、入居者たちの様子を見れば納得するしかない。

　えり子だけがその空気から離れたまま佇立(ちょりつ)していた。

「こんにちはー」

　一人の学生がえり子の元にやってきた。ボストンバッグほどはありそうなメークボックスを手にしている。

「良かったら、マッサージだけでもいかがですか?」

「いいえ、私は結構」

「人それぞれですもんね。えっと、新しい入居者さんですか?」

「いいえ、まだ見学だけ」

「そうなんですね。ここのホーム、綺麗で広いですよねー」

　学生はにこにこしている。強張(こわば)っていたえり子の目尻が少し緩んだ。

「あなた、お化粧を勉強しているのよね?　お上手なの?」

「まだまだです」

「どうしてお化粧を選んだの?　そんなに重要なものでもないと思うけど」

「重要だと思う人もいます。人それぞれなので」

「そうねえ。私個人は、ちゃらちゃらするより大事なことがあると思っているのよ」

　にこやかさを保ったまま言うえり子に野枝は内心はらはらする。しかし学生は動じた様子もなく答えた。

「メークは癒やしにもなるんですよ。ＭＩＳＡＫＩ先生の受け売りですけど」

「そうなの？　そんなに道具を使ってまで？」

えり子は学生のメークボックスを気にしている。学生はメークボックスを開き、手品師のような手つきで中身を広げてみせた。リップやチークが赤、ピンク、オレンジなどのグラデーションを描いて並び、アイブロウにも様々な色味がある。

「お好きな色とかありますか？」

「そんな、そんな。こんなおばあちゃんが」

「大歓迎です。あたしたち、ご高齢者専門なんで」

「顔に塗るのが好きじゃなくて」

言葉とは裏腹にえり子の目はメークボックスから離れない。学生はえり子の視線を追い、「これですか？」とコーラルレッドのマニキュアをつまみ上げた。野枝は狼狽(うろた)えながらえり子の横顔を窺(うかが)う。えり子は「家事をするためにはあり得ない」と言ってマニキュアを毛嫌いしている。もちろん学生はそんなことを知る由もなく、自分の親指の爪にマニキュアをひと塗りした。えり子の手に近付けて色味を確認し、破顔する。

「似合いそう！」

「でも、合わなかったらどうするの？」

「すぐ拭き取れるから大丈夫です。試してみますか？」

えり子はじっと唇を引き結んでいる。学生は悲しそうに笑い、「押し付けは駄目ですよね」とマニキュアを仕舞いかけた。するとえり子がそれを制した。

「せっかく出してくれたんだから」

「あ、はい。じゃ、塗ってもいいですか？」

えり子が小さく肯くのを確かめ、学生は再びマニキュアを開けた。えり子の爪の一枚一枚に一度ずつだけ刷毛(はけ)を滑らせていく。するとどうだろう。爪を塗っただけなのに、えり子の頬が淡く発光したように見えた。光はヴェールとなってみるみるえり子を覆っていく。それを自覚せぬまま、えり子は「まあ」とか「派手ねえ」とぶつぶつ言いながら爪を見つめている。しかし目には明らかな歓喜が浮かんでいて、野枝はえり子を美しいと思った。それでその場にいられなくなり、「ちょっとトイレに」と席を外してしまった。

廊下の手すりで体を支えていると背後から声がかかった。

「大丈夫？」

ユイだ。野枝は反射的に距離を取った。過去の経緯がそうさせた。ユイもユイで、必要以上に近寄ることなく言った。

「お母さん、マニキュアしてたね。似合ってた」

野枝は「そうですね」と応じたきり言葉を見失ってしまった。促すようにユイが言う。

「遠慮せずに、吐き出してみたら？」

「私は」

情けないくらい声が震えた。

「化粧もおしゃれもずっと我慢してきました。母が喜ぶと思ったから。あの頃の母はあなたを見て化粧に反感を持っていた」

「うん」

「異性からも同性からも、ブスのくせに化粧しないなんてって馬鹿にされたことが何度もあります。べつにそんなの平気でした。外見なんか大事じゃあないと思ってたから。でも母はマニキュアして喜んで、なら私の我慢って何だったの。私だって華やかにしたかったのに。綺麗な色を纏（まと）いたかったのに」

「そうだよね」

共感の言葉しか返さないユイを見ながら、野枝はゆっくりと我に返った。今、自分はケアを要する弱き者として扱われている。

「感情的になってすみません。ただ。なんていうか」

「納得いかない？」

「多分」

「おしゃれするなって、お母さんからはっきり言われたの？」

「いえ。でもそんな感じのことは言われたから」

「じゃあ、あなたにとってのおしゃれってその程度だったんだよ。本当にやりたいなら誰に何言われても止まらないもん」

　冷静な口調に野枝はかっとなった。それをあなたが言うのか、と。元凶であるあなたが、と。怒りのままにユイを睨めつけた時、彼女のタトゥーに目が留まった。右手の甲から腕にかけて、赤っぽいペイズリー柄が描かれている。ネットで見た時は牡丹柄だったのだが。

「これ？」

　野枝の視線に気付いたのか、ユイは右手を無造作に持ち上げてみせた。

「アートメークの応用。火傷の痕を隠すための」

　天候の話でもするような口調に野枝は息を呑んだ。途端に脚に震えが起こり、たまらずその場に膝をつく。こうべを垂れながら、ごめんなさい、ごめんなさいという言葉がひとりでに口から流れ出る。

　ユイの家に出入りしなくなって暫く経った頃、うだるような熱帯夜があった。昼間も高温だったので家の中には逃げ場のない暑気と湿気がこもり、子供だった野枝の苛立ちは焦げ付き寸前まで煮詰められていた。だから海野家の鳳仙花に火を放った。ユイと父に思い知らせてやるために、ちょっと小火を起こすつもりで。ところがその日は接近中の台風の影響で夜から強風となり、火はあっという間に広がって庭の隅の納屋に及んだ。そこには溶剤や媒染剤といった薬品が多数収納されていた。あとは一瞬だった。朱の炎は、巨大な怪鳥が羽ばたくように一息で膨れ上がった。

　家は半焼した。焼け跡から遺体は出なかったのでユイも父も無事逃げたのだと野枝は思っていた。実際、父のほうは暫く後に別の土地で亡くなっている。

「やっぱりあなただったんだね」

　ユイが静かに口を開いた。

「メークで隠してるけど、顔と脚にも火傷の痕があるよ。だからって恨んでなんかない。そもそもの原因はあたしだもの。今の仕事に就けたのだってケロイド隠しのためにメークを勉強し直したからだし」

「火事のおかげだとでも言う気ですか？」

「幸も不幸も自分次第だと思ってるから」

「私はあなたみたいにはなれない。過去を恨んでばかりのちっちゃい人間です」

「あなたはあなたで生きてきたんじゃないのかな。あなたなりに、ちゃんと。今、染め物をしてるんでしょう？　連絡もらった時、あなたのアカウントを見たよ。染色の工程の動画があったよね。染めてる時のあなた、昔と同じ顔してた。鳳仙花を弄(いじ)ってた時の顔」

先生、と学生の声が飛んでくる。ユイは返事をし、野枝に「じゃあ」とだけ言って去った。陽で縁取られたユイの背を見つめながら、野枝の内で固く皺くちゃになっていたものがゆっくりと開いていく。開いた部分の中心を占めているのはあの鳳仙花だった。あれがきっかけで草木染めを始め、身の周りに初めからある色たちをどうしても表現したくなった。食べていける仕事ではない、やめておけと色々な人から言われたのにどうしても気持ちを止められなかった。そこまでのめり込んだのは化粧を禁じられたせいかもしれないと、本当は薄々気付いている。自分が色を纏えなかったから植物の多彩に惚れ込んだのだ。

えり子はホームへの入居を決めた。手続きはスムーズに済み、空いた実家には野枝が移り住んだ。引っ越し後、まず実行したのは近くの山で植物を採集することだった。染めくさになりそうな下草や花を摘み、落ちている木の葉や枝、樹皮を拾う。大きな木を見つけるとよく観察し、実を採るために目をつけておく。かつては木の区別なんてつかなかった。道端の草花にしても同じだ。雑木や雑草と一括(ひとくく)りにしていたそれらにもそれぞれ名と色があると知ってから見えるものが増えた気がする。

持ち帰った植物をよく洗い、乾燥させるために束ねて吊(つ)るす。庭の草花に目を向けると、見覚えのある赤い花に気が付いた。鳳仙花だ。昔はなかったのに、どこから種が飛んできたのだろう。

鳳仙花の花と葉を摘み、ミョウバンを加えて染液を作った。今の野枝は染色に有効な色素が葉のほうに多く含まれることを知っている。

出来上がった液を爪に塗ろうとし、手を止めた。うっすらとではあるが、爪の際や甘皮に様々な色が染み込んでいた。草木染めを続けるうちに色素がすっかり根を下ろしたらしい。春の薺（なずな）の、生命感溢（あふ）れる若い緑。毎年使う西洋弟切草（おとぎりそう）の、つややかな無花果（いちじく）のような紅紫。去年試した楢（なら）の木の瘤（こぶ）の、静穏な深海のような紺……。

それら全ての色に重ねるように爪紅（つまべに）を塗る。染液そのものとは違う、あらゆる色を抱き込んだ朱になる。複雑で豊かなそれを眺め、満足してオフした。爪の表面に色が少し留まる。これもきっと自分の色になっていく。

ふとえり子のことを考えた。彼女も庭の鳳仙花を見ただろうか。

【参考文献】
箕輪直子『ハーブの染色図鑑』誠文堂新光社、1996年
箕輪直子『草木染め大全』誠文堂新光社、2010年
箕輪直子『誰でもできる草木染めレッスン』誠文堂新光社、2011年
ジェニー・ディーン『世界の草木染め　ワイルドカラーの魅力』ガイアブックス、2013年

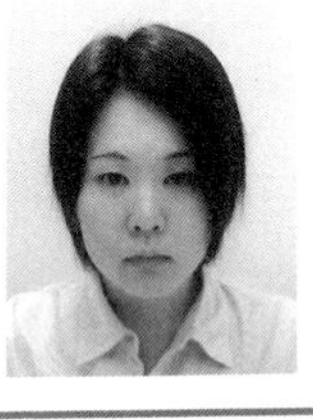

八木しづ（やぎ・しづ）
1984（昭和59）年、宮城県生まれ。金沢市在住。

小説

彼岸花

吉原　実

天正十三（一五八五）年閏八月、紀伊への道を急ぐ源六たち一行は、山中で足を止めた。空になった竹筒の水を求めて沢に降りた。

緑のクマザサに覆われた沢の側に、彼岸花と呼ばれる曼殊沙華の鮮やかな赤い花が咲いている。

源六は、つい先日の前田利家との戦でもまた、多くの命が失われた事に沈痛な思いがあった。

（いったい何時まで、この様な世が続くのか…）

源六はその名を佐々源六勝之と言い、越中国を治めていた佐々成政の娘・明子の婿であった。

源六には三人の兄がいた。長兄は金沢城初代城主であった佐久間玄蕃助盛政、次兄は保田久右衛門尉安政、そしてすぐ上の兄が越前・勝山城主であった柴田三左衛門尉勝安である。

佐久間家の家督を継いだ盛政以外は、それぞれが紀伊有田の土豪、保田知宗の保田家、伯父である柴田勝家の柴田家、成政の佐々家に養子として入っていた。

安政も一時、成政の娘・輝子の婿となっていた。

輝子は従兄弟にあたる佐々清蔵の妻であったが、清蔵が本能寺の変で死に安政と再婚したのである。

　兄のうち、盛政と勝安はもうこの世にいない。前年の羽柴秀吉との賤ケ岳の戦いで敗れ、それぞれが刑場と戦場の露と消えた。源六自身は賤ケ岳の戦いには参加していない。義父の成政と共に越中に留まり、秀吉と結んだ越後の上杉景勝の動きを牽制していたからである。

　自身はまた生き永らえたとは言え、二人の兄と多くの味方の兵の命を失った。心は憂愁に閉ざされた。

（あの才蔵はどうしたであろうか……）

　源六はどうした訳か、昨年戦った敵方の武将の事を気にかけていた。


　昨年の春、羽柴秀吉と、徳川家康の援助を得た織田信雄とが天下の覇権を争う戦を始めた。主舞台となったのが尾張の小牧・長久手であった。

　一度は秀吉に屈服した成政であったが、もとからの秀吉嫌いが抑えられず、これを好機と越中で兵を上げた。源六の兄・佐久間盛政の後に秀吉から加賀北半国を与えられていた前田利家の朝日山城（現在の金沢市北千石町）を攻めたのである。越中と加賀の境には多くの山城が築かれ対峙していた。その時、源六は増山城（現在の砺波市増山）を守っていた。この城はその昔、上杉謙信すら攻略に手こずったと言われる山城であった。

　その城内に一緒にいた佐々勝五郎と共に、源六は兵を引き連れ利家から奪い取ったばかりの松根砦（現在の金沢市松根町）に入った。八月二十七日のことである。

　対峙する朝日山城には、利家の武将・村井又兵衛長頼が築城の最中であった。

　松根砦から望むと、指呼の間に柵や虎口（出入り口）が見える。多くの兵が蠢く様子を見ると、まだ備えが出来ていないと源六は考えた。

　翌日の八月二十八日、まだ夜が明けきらぬ時、源六たちは密かにクマザサ生い茂る山肌を移動して兵を二つに分けて敵の虎口を囲んだ。

　前田方の兵たちは、昨日の昼間の作業に疲れ切っていたのか気付いた様子はない。これ幸いと、勝五郎の兵の中から選ばれた身軽な者たちが虎口の柵に鎖を掛けて一気に引いた。

ドドー　ドドー

　同時に佐々方の矢が大きく弧を描き敵の陣に降り掛かった。身を横たえたまま矢に射られる者が続出した。

　大きな音を立て柵が斜面を転げ落ちると同時に、短槍や刀を構えた兵たちがなだれ込んだ。

「うおー、うおー…」

　手練れの勝五郎が振り回す槍を先頭に、抜き身を下げた将たちがあちこちで斬り合いを始めた。振り回される槍に恐れをなした敵はなかなか近づけない。その内の一人の将が、間合いを見て勝五郎に刃を下ろそうとした。

　切っ先が鼻先をかすめた。

　勝五郎はそれに身軽に反応して、自らの槍をその将に繰り出した。

「ぎゃー」

　勝五郎の槍先が将の胴から背に抜けた。勝五郎は崩れる敵将に走り込み、アッと言う間にその首を掻き切った。

　そして、勝五郎は槍を素早く抱え直して次の敵に向かった。

　あちこちで佐々方の激しい戦が繰り広げられたが、守将・村井又兵衛の采配は優れていた。やがて形勢が逆転、あちこちで佐々方の兵が討ち取られ始めた。

　これはいかんと、源六と勝五郎は兵を引く決断をして、二人自らが殿を務めながら何とか朝日山城から松根砦に引き返す事が出来たのである。

　この戦の後の九月六日、佐々方の武将・神保氏張の家臣・袋井隼人が荒山（現在の中能登町と氷見市の境界）に砦を構えて能登の様子を窺っていた。

　その能登は、七尾の前田安勝（利家の兄）が、青木信照、中川光重など三千の兵を率い管掌していた。利家の与力で、秀吉の援軍として尾張に赴いていた長連龍や利家の義弟高畠定吉も帰国してすぐ荒山の佐々軍に対峙した。

翌日、増山城に帰り着いた源六と勝五郎が酒を酌み交わしていた。

「勝五郎、その方の槍働きでも朝日山城は落とせなかったのう…」

「敵の防備は左程でもありませなんだが、又兵衛の采配には手こずり申した」

「金沢表からの兵が来ぬうちに、引き上げたのが幸いだったかもしれぬが」

「なかなか加賀へは入れませぬなあ」

佐々側も今度の戦いでは思わぬ犠牲を強いられ、また暫くの睨み合いが続くことになる。

数日後、源六と勝五郎が富山城の成政の所に呼ばれた。

城から見える秋の風情を感じさせる呉羽山。後ろを見ると立山連峰の雄大な姿。暫し見とれる二人である。人間たちの愚かな日々をよそに、自然の草木や生き物は何ら変わらぬ日常を営んでいる。神通川から飛び立ったのか、二羽のアオサギが二人の視線の前を横切った。

「その方たちの意見を聞きたい」

成政の声にハッとする二人。

「次の戦、このわしが陣頭に立つが、その方たちは宗五郎（神保氏張）と協力して加賀と能登を分断するため末守城（現在の宝達志水町）を攻め取るのじゃ」

「金沢から又左衛門尉（利家）が来ぬうちに事を成さねばならぬ……どうじゃ？　やれそうか？」

二人が顔を見合わせ戸惑う所に、神保氏張が部屋に入って来て同席する。

「我ら合わせて一万五千程の兵になろうか？」

源六が二人に問うた。

「如何にも、その数でござろう」

氏張が応え、勝五郎も頷いた。

「義父上、我が軍に平左衛門殿を加えて頂けませぬか？」

平左衛門とは佐々政元といい、成政の叔父・宗長の養子だ。日置流の弓の達人である。

「おお、平左衛門を手放せと申すか？　よかろう。しかし、その方たちの望みは尽きぬのう…ハハハ……」

源六と勝五郎は成政に深々と頭を下げた。

佐々軍が能登と加賀の前田領に入り、両国の前田軍を分断しようと企てているとの報告は、尾張に在陣中の羽柴秀吉の許にも届いていた。秀吉からは、利家に対して迂闊に佐々の誘いに乗らず、惟住（丹羽）長秀を加賀に送るからそれを待つようにとの指示が出された。

しかし、その指示が届く前に状況が急変する。

九月九日、源六たちの軍勢は国境に近い越中の木舟城（現在の高岡市福岡町木舟）を出立した。宮島から沢川を経て、宝達山の北面から末守へと進む予定であった。道案内を沢川の田畑兵衛という者に命じたが、その男はわざわざ牛首（現在の津幡町牛首）を迂回する遠回りの路を案内した。地理に疎い佐々軍を欺き、前田方のために時間稼ぎをしたのである。兵衛は後に利家に褒賞される。

神保氏張は、利家の援軍が金沢から来るのに備えて、海側の川尻（現在の宝達志水町北川尻）に兵四千を置いていた。

翌十日の朝が訪れた。成政は坪山砦（現在の宝達志水町坪山）に陣を構え、軍勢は一里余り先の山城・末守城を囲んだ。その数一万五千。

朝霧の中に源六率いる佐々軍「角立て七つ割四つ目結」の旌旗の群れが朧げに見える。母衣衆の馬の嘶きと駆ける音が響く。やがて霧がいずこかへ去り、朝日が宝達山の木々を赤く染め始めた。それを受けて将の兜に残る朝露がキラキラと光る。遠くにハッキリと望める日本海の青い海原。

熾烈な戦いの前の静けさが辺りに満ちて、皆が緊張する一時がいきなり破られた。

ダダーン　ダダーン　ダダーン
ドドドーン　ドドドーン

佐々源六勝之らが率いる鉄砲隊が吠えた。赤い炎が筒先から迸る。

城の柵内にいる者が次から次とその場に倒れ込むのが見える。

末守城内から数百の矢の雨が佐々軍の頭上に降り注いだ。

今度は味方の兵が多く射抜かれた。

佐々方からも火矢を交えた矢が飛んで行く。平左衛門の放つ鏃(やじり)が空を切り次々と敵を射抜く。外す事はない。それを止めようと城から鉄砲が撃たれる。

末守城は標高百四十メートルほどの末守山に築かれた山城である。若宮丸、三の丸、二の丸、本丸の四つの曲輪(くるわ)に利家の家臣・奥村助右衛門尉家福(いえとみ)(後の永福(ながとみ))を主将として、嫡子の助十郎栄明(ながあきら)、次男の又十郎易英(やすひで)、千秋主殿助範昌(せんしゅうとのものすけのりまさ)、城代の土肥伊予守次茂(どいいよのかみつぐしげ)ら三百の軍勢が守備に就いていた。戦いが開始されたと同時に、密かに城からの伝令が金沢表に遣わされる。

「ここは我らの正念場。殿は我らを見捨てる筈はない。暫し時を稼ぎ金沢からの軍勢を迎えようぞ!」

家福が大声で叫んだ。

「千秋、その方は二の丸を守りぬくのじゃ!」

一方、佐々方もそう容易(たやす)く城内に入る事は出来なかった。

「勝五郎、平左、その方たちが思う存分槍を振るうには今暫くの時がいるのう」

源六が二人に問うている。

「吉田口(よしだぐち)の敵の守りが手薄に見えまするな。ここを一気に攻めるが良いかと…」

勝五郎が応え、平左衛門も次の矢を弓につがえながら頷いた。

奥村家福の嫡男・助十郎が、その手の者の内の弓・鉄砲に心得がある者たちを一列に並べた。

皆の見つめる先には、敵の掲げる佐々成政の菅(すげ)笠(がさ)三蓋(さんがい)の馬印。それに向け助十郎たちの鉄砲弓矢が一斉に放たれた。

轟音(ごうおん)と硝煙(しょうえん)が去った後には、残骸だけの哀れな姿の馬印が立っていた。これを見た城側の将兵から大きな歓声が起こる。

暫くして佐々の軍勢に動きが起こった。本来の末守城代である土肥次茂が、奥村家福が主将である事に反発し城を出て奮戦していたが、そこに佐々の多くの兵たちが集まって来たのである。

　吉田口の練子(ねりこ)と呼ばれる集落を守ろうとする土肥次茂らと佐々軍との熾烈な戦いである。

　勝五郎と平左が槍をかざし真っ先に駆ける。源六も抜き身を下げて後へと続く。

　あちこちで斬り合いが始まった。勝五郎の槍が華麗に空を舞う。その度に、血しぶきを上げて倒れ込む敵兵たち。馬ごと倒されアッと言う間に首を掻かれる甲冑(かっちゅう)武者。

　敵も必死である。乱戦が続く。

　血に染まる刃を振るう平左の前に、十文字槍を携えた一人の敵将が現れた。

「おお！　そこもとは土肥伊予守殿とお見受けした！」

　平左衛門の将、堀覚左衛門(かくざえもん)が前に出る。

「いかにも！」

　ニヤリと笑いながら土肥次茂が応え、槍を地面に置いて腰の刀を抜いた。

　二人は互いに刀の柄を持ち直すと睨み合いながら対峙した。

　暫し互いの動きが止まる。

　周りでは激しい斬り合いが行われているが、誰も手出しが出来ぬ空間に二人はいる。

　刹那(せつな)、次茂の刃が振り下ろされた。

　ビューン

　空を切る切っ先の響き。

　覚左衛門が素早く反応してその身を捩(よじ)る。躱(かわ)された勢いの為に体制を崩した次茂の動きを覚左衛門は見逃さなかった。

　刃が次茂の首筋に打ち込まれる。鮮血が吹き上がった。

「伊予守、討ち取ったり！」

　覚左衛門の大声が辺りに響いた。

「ウオー、ウオー」

　佐々の兵たちから歓声が上がった。

勢い付いた軍勢が一気に吉田口から、千秋範昌が守る二の丸へと駆け上がろうとしている。

　状況は明らかに籠城する前田方に不利であるが、混乱するその城内で一人の女性が別の戦いをしていた。

　奥村家福の妻である安だった。数人の侍女達と共に長刀を携え城内を歩きながら、負傷者の手当てや粥の炊き出しなどを自らの手で行っていたのである。この事に城兵たちは大いに勇気付けられた。

　やがて、二の丸も落とされ末守落城も現実のものとなって来た。

　金沢城の利家の元に末守城からの急報が届けられたのは、十日の午前であった。

　直ちに救援の手筈が整えられ、松任城にいた前田利勝（後の利長）にも出立が命じられた。

　夕刻、金沢城の留守居を兄の利久に任せ城を出た前田利家や侍大将の甥・前田利太（慶次）らの軍勢二千五百人は、先手に村井長頼、不破直光を配した。

　津幡に着いた利家は合流した利勝らと軍議を重ね、地元中条（現在の津幡町）の佐々木半右衛門に命じて偽旗を揚げて寡兵を多く見せるようにし、倶利伽羅や鳥越（現在の同町鳥越）からの佐々軍の侵入に備えたのである。その後、軍勢は津幡から七窪を経て木津の浜に出、敵が手薄と思われる海沿いの道を急ぐ。

　十日の深夜には高松に近づいた。

「殿、地元の者がお会いしたいとお待ちしております！」

　軍勢の先頭を進んでいた利家の弟・前田右近秀次が馬を返して近づいてきた。

「おお、何か申したき事があるのか？」

　眩いばかりの具足に身を包んだ利家の乗る馬が一軒の家に近づくと一人の男が待っていた。

「私は桜井三郎左衛門と申す百姓にございまする。これより先の川尻に大軍の伏兵があり、このまま進めば敵の思う壺にございます。それを欺く為に海際を進まれては如何でしょうか？　宿村より末守への道がございます」

（この男、果たして信用して良い者であろうか？）

一瞬考え込む利家であったが…。

「なれば、その方案内（あない）せい！」

利家はこの男に戦の運を賭けたのである。

利家の軍勢は三郎左衛門の先導で、深夜の高松から川尻をかすめて今浜へと海沿いを急ぐ。

末守城では睨み合いが続いていた。すると突然、雷鳴が辺りに轟（とどろ）いた。

ポツポツ降り出した雨が、いきなり篠突（しのつ）く雨に変わった。

方々に豪雨に打たれる躯（むくろ）が横たわり、そこから滝のような赤い流れが出来ている。

皆の兜の眉庇（まびさし）から雨が滴ると前も見えない。末守山の斜面を滝のように水が流れ、土も泥濘（ぬかる）み歩く事も出来ず、互いに戦どころではない状況になった。

指揮する源六は押さえの兵を残し、残りの兵には成政がいる坪山砦へ移動するよう命じた。

やがて雨も煙雨に変わったので、源六は城の麓（ふもと）の村々に火を掛ける事を命じた。

ごうごうと音を立て燃え上がる家々。

その炎に照らされる末守城。

落城の時が刻々と近づいていた。

一方、前田利家の率いる金沢からの軍勢は、大海川を越えて海岸辺を進み宝達川、相見（あいみ）川を渡り今浜に無事行き着いたのである。側を通る二千五百もの軍勢が佐々方に気付かれないのは奇跡に近いものであった。

闇夜と雨と高い台地が利家の軍勢に味方した。

十一日早朝、突然に利家の軍勢が末守城を攻める佐々軍の背後を突いた。

ウオー　ウオー

源六たちの背後に響く怒涛（どとう）の叫び。

同時に矢が降り注ぎ、城を攻めていた佐々の軍勢がバタバタと倒れる。

ダダーン　ダダーン

遠くに赤い火花がまたたく。

皆が後ろを振り返り、何が起きているのかと戸惑っていた。

「あれは金沢からの軍勢ではないか？　源六殿ご覧あれ！」

勝五郎が叫ぶ。

「剣梅鉢（けんうめばち）の馬印に鍾馗（しょうき）の大旗、如何にも又左衛門尉の軍勢ぞ！」

源六はじめ佐々軍の皆が顔色を変えた。

「神保殿の軍勢は如何（どう）したのじゃ……」

勝五郎が源六の顔を覗き込む。

「何の知らせもござらん！」

平左衛門が口走った。

城方の家福たちも、敵方の兵たちが撃たれる様子に驚いた。

何が起こっているのかすぐには理解できない。

「おお！　殿じゃ！　金沢の殿たちじゃ！」

「皆、殿が助けに来て下されたぞ！」

ハッと気付いた家福が驚喜して大きな声で叫んだ。

「うわー、うわー」

「ありがたや、ありがたや！」

傷つき疲労困憊（こんぱい）していた城方の将兵が一斉に雄叫（おたけ）びを上げた。

中には手を合わせ涙ぐむ者もいる。

突然、意を決したように勝五郎と平左衛門が、利家の軍勢の中に駆けこむ。

「おお！　勝五郎たちに続け！　者ども！」

源六が将兵を鼓舞する。

勝五郎がまず槍を構えたのは、いまだ十六歳の奥村家福の嫡子・助十郎であった。

二人は数回にわたり槍を交えたが、なかなか決着しない。

それを馬上から見ていた利家が一人の武将に大声で命じる。

「才蔵！　助十郎を討たせるな！」

「おお！」

一人の大男が槍を構えて一目散に駆け出した。

男の名は可児（かに）才蔵と言う。

可児才蔵長吉の生国は美濃国可児郡（現在の岐

阜県可児市）。一説には、越前朝倉氏の側室の子というが明らかではない。

　この者、そのおかしげな行いで別名「笹の才蔵」とも呼ばれる。

　天正十（一五八二）年、織田信長が甲斐の武田勝頼を攻めた時、才蔵は森長可に仕えていてその戦働きで多くの首を取ったという。その時に三つの首を持ち長可の前に現れたが、本人は十六の首を取ったと言い張る。ふざけたような才蔵の言い分に納得いかない長可が問い質すと、すべての首を持つ事が出来ず棄てたと言う。ただし、取ったその首にはクマザサの葉を口に含ませてあるから探してご覧あれと答えた。

　長可が調べさせると、その通り笹を口に含んだ十三の首が、戦場のあちこちに置かれていたのである。それ以降、才蔵は「笹の才蔵」と呼ばれる事になる。笹は酒とも考えられる。死人に酒を含ませ死出の手向けとする。なかなか美的な感覚を持った男であったのかも知れない。

　そんな才蔵は、利家の命を受けて助十郎と戦う勝五郎に槍を向け散々に打ち付けた。

　何度もの打ち合いのせいで、突然才蔵の槍が真ん中から折れてしまった。

「いかん！」

　才蔵が声を発して腰の刀を抜こうと焦る。

　その時、矢倉の上から大きな叫び声が聞こえた。

「これを！　可児殿！」

　奥村家福が矢倉の上から事の次第を見ていて、手元の槍を「エイヤア」と才蔵に投げ与えたのである。

「おお！　かたじけない！」

　才蔵はその槍を受け取るやいなや、再び勝五郎に畳み掛けた。

　やがて、勝五郎が疲れ果てた所を才蔵は捕らえて助十郎に討たせたのである。

　これを知った成政が皆に命じた。

「ええい、そ奴を決して討ちもらすな！」

　才蔵めがけて佐々の軍勢が殺到する。

　刹那、才蔵は主を失った勝五郎の馬に飛び乗り、遮二無二に敵中を駆け破りながら味方の方へ走り去った。この時家福が投げ与えた槍は、金房政定の銘作で後に才蔵の宝物となる。

一部始終を見ていた源六には、駆け去る才蔵が源六に気付き、一瞬微笑んだように思えた。

「才蔵めが…」

先ほどまで側にいた勝五郎の死を見れば、才蔵に対する憎しみが込み上げて来る筈であったが、なぜか妙に懐かしさが湧いて来たのである。

思えば、源六と才蔵は共に死線を駆けた時があった。

その昔、源六の伯父である柴田勝家の侍大将として才蔵が側にいた。源六ら佐久間兄弟とも親しい日々を過ごした事があったのである。

しかし、今は敵味方、互いに刃を交わし命を奪い合う事もこの戦国の世の常であった。

一瞬の間であったが、勝五郎の死を見ていた源六がハッと我に返った。

「この上は城の事などに構ってはおれぬ。敵は多勢！　退路が塞がれぬ内に引こうぞ！」

源六はとっさに決断し、皆に命じた。

「今一息で城を落とせたのに無念なり！　可惜兵の命を無駄にしたが、この上はわしが殿を仕ろう！　方々はこの場を離れ、内高松より倶利伽羅を目指されよ！」

佐々平左衛門が悔しそうに言いながらも、ニヤリと笑い槍を扱く。

「さあ、今のうちぞ！　源六殿！」

その言葉に従うように、源六率いる軍勢は急いで戦場を離脱し始めた。

後に残った平左衛門は、数十の兵と共に槍の出し引きを繰り返し、源六たちの軍勢が遠くに逃れる時を稼いだのである。そのうちに味方の兵も減り、ここが潮時と平左衛門はいずこへか姿を消した。

数百の犠牲を出しながらも、末守城を落とす事が叶わなかった源六たち佐々の軍勢は、横山（現在のかほく市横山）の賀茂神社や別当西照寺などを焼き、空になっていた前田方の鳥越城（現在の津幡町）を占拠し久世但馬守と守兵を置いた。

源六たちが来る前に、城を守っていた前田方の目賀田又右衛門と丹羽源十郎たちは、末守城が落城したとの誤報を信じて既に退去していたのである。

その後、源六たちは倶利伽羅峠を越えて無事に富山城に帰り着いた。

十三日、利家が秀吉に佐々勢千の首を取ったと首注文で報告した。その中には、討ち取った佐々源六の首もあるはずだが見つからない、と書かれていた。しかし、秀吉は尾張で信雄との間に進めていた和議が破綻したため、この知らせを誇張して世間に三千もの首を取ったと吹聴、織田信雄と徳川家康の反秀吉包囲網の一部が崩れ去ったと見せ掛けようとしたのである。

本戦である小牧・長久手の合戦で確実な勝利を手にする事が叶わなかった秀吉と、単独で秀吉に抗する事も出来ない家康。この戦は共に軍事的蹉跌と言えた。

その局地戦と言える北陸での佐々成政と前田利家の睨み合いはその後も続いた。

七尾城を出た前田の軍勢は荒山城、勝山城（現在の中能登町芹川）を攻めたが、一進一退の状況は続く事になる。

その間にも、秀吉と対峙していた尾張、紀伊、四国などの勢力や本願寺顕如には、今回の戦は佐々方の大勝利であったとの虚報が織田信雄から流されていた。

十一月、以前から続いていた家臣の秀吉方への内応に耐え切れなくなった織田信雄が講和し、秀吉に屈服した。その翌月には、信雄の仲介により秀吉と家康の講和も成立した。

それに納得できない成政は、十二月、厳冬の立山を越えて遠江・浜松に至り家康と、また三河・吉良で信雄に会って再戦を乞うが両人に拒絶されて虚しく富山へと引き返したのである。

天正十三（一五八五）年の年が明けて春になっても加賀、能登、越中の国境で前田・佐々両軍の小競り合いが続いた。

七月、秀吉は織田信雄を大将とする五万七千の軍勢に越中平定を命じた。成政は最早これまでと、信雄を通じて秀吉に富山城開城と降伏を申し入れた。しかし、無視されたのである。

やがて、八月二十日に秀吉が兵を率いて越中に入った。二十六日、秀吉が倶利伽羅に陣を据えると成政が参陣して降伏が許され、成政には新川一郡だけが安堵されて大坂へ上がる事が命じられた。

その三日前、秀吉の命によって破却が進む富山城の一部屋に向かい合う成政と源六がいた。

「源六、そちの兄の久右衛門尉（安政）は我が娘・輝子と離縁し、紀伊で秀吉勢と戦っておる。そち達の伯父や兄弟を賤ケ岳の戦で失い、そちも秀吉に対する憎しみを抱きながら仕える事など出来ぬであろう。そこでじゃが、そち達兄弟の今後の事を、家康殿を通じて小田原の北条氏政殿に託す事に致した。そちも今すぐ紀伊に参り久右衛門尉と共に小田原に行くのじゃ！」

成政は源六の目を見据え強く命じた。

「義父上、私とて兄と共に戦いたいと思っておりましたが、容易く義父上のお傍を離れる気持ちにもなりませなんだ。しかしながら、秀吉に屈服し仕える事など到底出来ませぬ。こうなった以上、お言葉に従い明子を伴い紀伊の兄の所に行き、その後には兄ともども小田原に参りまする」

源六の目に涙が溢れた。

「おお、そうしてくれるか…明子を連れてのう……」

応える成政の目にも、同じように涙が溢れていた。

伯父の勝家をはじめ、兄弟を死に追いやった秀吉に、たとえ死を免じられようとも、その下で仕えようという考えは源六には無かった。

ここ富山で戦い死ぬよりは、紀伊で雑賀、根来の衆たちと共に秀吉の勢力との戦いを続けている兄の安政の許で秀吉に一矢報いてから死のうと己に誓っていたのである。

天正十三（一五八五）年八月二十八日、源六の一行は富山城を後にした。

妻・明子を伴う旅であったが、越中から飛騨、美濃と大きく迂回し、今はこうして尾張から伊勢にまで無事にたどり着けた。紀伊はもう一息である。

山中の沢で喉を潤した源六たちが暫く進むと、

間道の片隅に小さな石仏があった。

　源六はその仏に静かに手を合わせ、別れた義父・成政、共に戦って死んだ勝五郎の供養と平左衛門の無事を祈る。

　その時も、もう一人のあの男、笹の才蔵の事がフッと頭を過った。

　源六が手を合わす石仏の側のクマザサの中にも、さっき沢で見た真っ赤な彼岸花が咲いていた。

　紀伊に着いた源六は、兄と共に小田原に行き北条氏政に仕えた。後の秀吉による小田原攻めでも、最後まで北条方として戦い二人は生き永らえた。その降伏後にも、秀吉に直接仕える事はせずに蒲生氏郷の家臣となり会津に赴いた。後の関ケ原では、家康に与して戦い、戦後にはそれぞれが徳川の大名となるのである。

　明子は小田原で源六の子を産んだ。輝子は安政と離縁した後に、二人の間にもうけた一女を連れて関白・鷹司信房の妻となり、のちの関白信尚と娘・孝子を産む。徳川三代将軍・家光の正室・本理院となる女性である。

　一方、源六が気にしていた才蔵は、やがて前田家を辞して牢人となる。しかし、その後に福島正則の家臣となり、これまた関ケ原の合戦で活躍するが、前田利家を本来の主君と仰ぎ、仕えた事を一生大切に思い忘れないと誓っている。佐々平左衛門の行方は杳として知れない。

吉原実（よしはら・みのる）
1951（昭和26）年金沢市生まれ。佐久間安政末裔。

新作小説を募集

北國文華掲載

小誌は、新作の小説を発表する場を充実させていきます。鏡花、犀星、秋声をはじめ、多くの作家を生み出してきた文学土壌にふさわしい、清新な才能の登場を待望しています。意欲作を応募してください。

次回締め切り（2024年秋号/第101号） **7月12日㈮**

（第102号の締め切り…2024年10月11日㈮）

応募規定

- 未発表の作品に限ります。
- 原稿枚数は400字詰原稿用紙で10〜40枚。
  データ原稿の場合、縦書きにプリントしてください。1行の文字数や1ページの行数は自由ですが、400字詰原稿用紙に換算した枚数を必ず明記してください。
- 表題、本名（筆名）、住所、電話番号、年齢、職業、略歴（生年、出身地、所属同人名など）を明記してください。
- 採用する場合は、北國文華編集室からご連絡します。採用作には小誌の規定により謝礼をお贈りします。
- 掲載作品の版権は本社に帰属します。
- 応募作品の原稿は返却しません。コピーするなどしてください。
- 募集要項、ならびに選考の結果についての問い合わせには応じません。ご留意ください。

宛先
〒920-8588 金沢市南町2番1号
北國新聞社 北國文華編集室 ☎076-260-3587
syuppan@hokkoku.co.jp

北國文華 定期購読 バックナンバーのご案内

購読料（消費税込）

●3年間（年4冊、計12冊） **18,900円**

年間購読の送料は当社負担。
お支払いは現金、カード払いで

年間購読（3年）なら **2,220円お得!!**
定価1冊1,760円、3年間12冊21,120円のところ

お申し込みは簡単!!

❶お電話で… TEL 076-260-3587
［出版部直通］受付時間／土日祝日を除く10：00～18：00

❷インターネットで… 北國文華 検索
「定期購読を申し込む」から必要事項を入力してください。

❸メールで…syuppan@hokkoku.co.jp
件名を「北國文華定期購読希望」とし、お名前とお届け先の住所、電話番号をご記入ください。こちらから確認メールをお送りいたします。

<バックナンバーのご案内>

令和6年能登半島地震の影響で、配送が遅れたり、お届けできなかったりする地域があります。

2024春 第99号

特集 能登、忘れ得ぬこと

桂文珍（落語家）／土屋太鳳（俳優）／梅佳代（写真家）／
北川フラム（奥能登国際芸術祭総合ディレクター）／
千田嘉博（城郭考古学者）／小泉武夫（発酵学者）／
能村研三（俳人、俳誌「沖」主宰）
復興を考える／本誌編集室

【小説】**十字路**（下）／出崎哲弥

【寄稿】**切れなかった父・大拙の絆**
山田奨治（国際日本文化研究センター教授）

【好評連載】小説**千代女** ⑱蕎麦／子母澤類

2024冬 第98号

特集 前田家当主交代
加賀百万石 継承の実像

【インタビュー】父利家を裏切った利長／安部龍太郎
『加賀藩史料』が語る藩主交代劇／本誌編集室
【寄稿】前田家の記憶と近代／本康宏史
家督相続ドキュメント　藩主治脩の日記を読む／本誌編集室

【小説】**十字路**（上）／出崎哲弥

【寄稿】**生誕150年　近代を拓いた先人の肖像④**
山崎延吉／増山仁

お問い合わせ　**北國新聞社出版部** TEL（076）260-3587 北國文華 検索
〒920-8588 金沢市南町2-1　Eメール syuppan@hokkoku.co.jp

読者の声

窓岩の夕日、思い起こす

北國文華第99号の表紙は輪島市曽々木海岸のシンボル「窓岩」でした。ありし日の風景を思い起こしました。春分、秋分の日は、板状の流紋岩の真ん中から夕日が入ります。毎回出かけて眺めていました。「1・1大震災」で風景は一変し、かつての雄姿は見る影もなくなりました。

半世紀ほど前の観光ブームのころ、外浦沿いの国道249号はバス1台が通れるのがやっとでした。崖の下を眺めて観光客が驚喜していたことが懐かしいです。輪島朝市や白米（しろよね）千枚田から曽々木の窓岩、珠洲へと人々は流れていきました。

見附島など能登各地の写真がありました。今では容易に行けなくなったり、変貌（へんぼう）してしまったりした場所もあり残念でなりません。

川口喜仙　59歳（金沢市）

能登人は人生を懸けている

元日、能登を襲った大地震の惨状はぞっとするほどである。北國文華第99号の特集「能登、忘れ得ぬこと」を読んだ。もし、東京が同規模の地震に見舞われたらどうなるか。一極集中の日本はもろいだろう。

熱しやすく冷めやすい日本人はそのうち、能登をほったらかしにしてしまうかもしれないが、当地の人々は復興に人生を懸けている。長い年月が掛かるだろうが、日本人はどんな災害も、乗り越えてきた。力強い未来を信じたい。

斉藤半太郎　81歳（金沢市）

3人のご縁に驚く

北國文華第99号に、ご縁のある方が3人も登場して驚きました。

社会学者の橋本健二さんは、またいとこです。赤ちゃんの頃、誕生のお祝いをしたのを覚えています。親族の誇りです。今後もぜひ能登のために活躍されるよう祈っています。

「心に残るスケッチの旅」の洋画家、田井淳さんは私の兄・井田重男の教え子でした。随筆で亡き兄の名を見て、うれしくなりました。

「音楽あれこれ」を連載する山田正幸さんは飯田高の同級生です。地震で金沢に避難した同級生を慰める会を開いた時に、ヴァイオリン奏者を呼んでくださりました。ご縁のありがたみをかみしめる号でした。

鏑木鎮子　81歳（金沢市）

編集室から

◆「北國文華」の来し方をたどっていると、あっという間に机の周囲が過去の号で埋め尽くされました。先人の仕事ぶりには、目を見張るばかりです。とりわけ復刊当初は重厚で、「第二の戦後」（復刊1号）「青潮文化」（同3号）なんてキーワード、一体どこから出てくるのかと頭を抱えました。寄稿の執筆陣は盛りだくさん。原稿料をどう工面していたのか、首をひねっています。

◆若い頃に書いた記事とも再会しました。遠くへ取材に行きながら、原稿を出すのが遅れ、当時の編集人から「どうなっとるんや」と叱られた思い出もあれば、先人の足跡を求めて海外へ飛んだはいいものの、現地で右往左往した記憶もあります。思い返せば、苦みしかありませんが、「北國文華」の歩みはこれからも続きます。愛読者の皆さまに感謝いたします。（宮）

〈ご意見・作品を募集〉

◆本誌記事へのご意見、ご感想などをお待ちしています。300字以内にまとめ、住所、郵便番号、氏名、年齢、電話番号を明記のうえ、出版部宛てにお送りください。原稿は内容を損なわない範囲で一部修整させていただく場合もあります。

◆小説（206ページ参照）のほか評論、研究論文、随筆など幅広い作品を募集しています。

400字詰原稿用紙20～30枚で、未発表のものに限ります。原稿の返却には応じられませんので、必ずコピー等をお取りのうえ、出版部宛てにお送りください。

北國文華 第100号

発　行　2024（令和6）年6月1日
編集人　宮下岳丈
発行所　北國新聞社
金沢市南町２番１号
〒920-8588
TEL 076-260-3587［出版部直通］
FAX 076-260-3423［出版部直通］
郵便振替 00710-0-404
北國新聞社ホームページ https://www.hokkoku.co.jp/
出版部電子メールアドレス syuppan@hokkoku.co.jp

ISBN978-4-8330-2310-8

次号の発売は2024（令和6）年9月1日（日）です。

令和6年能登半島地震の影響で、配送が遅れたり、お届けできなかったりする地域があります。

明治15年（１８８２年）の創業以来、私達は紙を通じて
社会に心地よさを提供してきました。
近年、電子化や軽包装化により、ペーパーレスが顕著ですが、
紙の持つ機能や価値を掘り起こせば、紙需要の可能性は
まだまだ無限であると考えています。
コシハラは次の１００年を見据え、紙の新たなる価値の創造を
通じて持続発展社会の構築に寄与して参ります。

代表取締役社長　越原寿朗

本　　社：〒920-0061 石川県金沢市問屋町２-53
TEL.076-237-8181/ Fax.076-238-4194
物流センター：〒920-0211 石川県金沢市湊 1-1-3
http://www.kosihara.co.jp